우리, 연모

2쇄 발행 2024년 4월 30일

글 백승남
펴낸이 정혜숙 **펴낸곳** 마음이음

책임편집 여은영 **디자인** 김세라
등록 2016년 4월 5일(제2016-000005호)
주소 03925 서울시 마포구 월드컵북로 402, 9층 917A호(상암동 KGIT센터)
전화 070-7570-8869 **전자우편** ieum2016@hanmail.net **팩스** 0505-333-8869
블로그 https://blog.naver.com/ieum2018

ISBN 979-11-92183-47-3 43810
       979-11-960132-5-7 (세트)

ⓒ 백승남, 2022

우리, 연모

— 백승남 지음 —

마음이음

목차

흔한 비석 하나도 없었다. 아담한 둔덕 같기도 하고, 아는 이가 아니라면 무덤인 줄도 모르고 지나칠 법한 작은 묘였다.

그 앞에 메마른 겨울나무처럼 여인 하나가 서 있었다. 파리한 낯빛에 피로로 지친 듯한 모습이었다. 갓 생겨난 무덤 주변은 고즈넉했고, 무덤 앞의 여인도 풍경의 일부인 듯 고요했다.

여인이 들고 온 술을 잔에 따랐다. 골고루 무덤에 뿌리고 또 한 잔 따라 제 입으로 가져갔다. 입안의 술을 목으로 넘긴 여인이 무어라 중얼거렸다. 속삭이듯 해 주변을 맴도는 바람 말고는 알아듣지 못했다.

어느덧 여인은 사라지고 그 자리에 서책이 한 권 놓여 있었다.

파라라락.

바람에 책장이 날렸다. 표지 위에 놓인 돌멩이를 떨구려는 듯.

파라락 파라락.

무언가 말하고 싶은 듯, 우리 이야기를 들어 보라는 듯…….

마
주
침

붉은 노을이 서녘 하늘을 물들이기 시작했다.

선은 온갖 점포와 사람들로 바글거리는 시전 거리를 달리고 있었다. 장사치며 흥정하던 이들 눈이 제 뒤통수에 따라붙은 것도, 잡아 올린 치맛자락 아래 속바지가 훤히 드러난 것도 모른 채였다.

"앗!"

골목 끝자락의 점포로 뛰어들다 말고 누군가와 심하게 부딪혔다. 퍽 요란한 소리와 함께 선은 그대로 나동그라졌다. 부딪힌 어깨가 욱신거렸지만 아랑곳없이 벌떡 일어났다.

"실, 실례했습니다."

선이 목으로 차오른 숨을 뱉으며 얼른 사과했다. 그러곤 점포 안으로 들어가려는데 팔을 붙잡혔다.

"사람을 넘어뜨려 놓고 그냥 갑니까?"

차가운 목소리만큼 선을 올려다보는 선비의 눈초리도 싸늘했다.

"아, 죄송합니다. 제가 급해서……."

"반가의 규수로 보이는데 그리 몸가짐이 가벼워서야 되겠소?"

별안간 선이 휘청, 선비 쪽으로 끌려갔다.

"어, 어……."

자신의 몸을 지지대로 삼아 선비가 일어설 때까지 선은 이를 악물고 버텨 냈다. 선비가 몸을 세우자마자 그 손을 탁, 뿌리치곤 돌아섰다. 급히 세책점 안으로 들어갔지만 선이 뒤쫓았던 아이는 보이지 않았다.

"그게 어떻게 모은 돈인데……."

다리가 휘청거려 선은 책장을 짚었다. 다리에 힘을 주며 울컥 고이는 눈물을 삼켰다. 자신을 붙잡아 시간을 허비하게 한 선비가 원망스러웠다.

'내, 이 선비를 그냥.'

"저기, 아가씨?"

돌아 나가려는 선을 누군가 불러 세웠다.

"이것을 잃으셨나요?"

세책점 주인의 손에 선의 전낭이 들려 있었다. 그걸 보고 화색이 돌아왔던 선의 얼굴이 금세 다시 굳었다. 주인의 다른 손에 사내아이가 붙들려 있었다. 달아날 틈을 노리듯 온몸을 버둥거리며.

"저 쪽문으로 튀는 걸 요렇게 붙잡았습죠."

반항하는 아이 목덜미를 주인이 단단히 움켜쥐었다. 선의 눈길이 주인이 가리킨 작은 뒷문을 거쳐 소년에게로 돌아왔다. 열 살이나 되었을까? 땟국물 흐르는 얼굴에 마른버짐이 피었고, 해질 대로 해진 옷은 이른 봄의 찬바람을 막기에는 지나치게 얇아 보였다.

"어서 사죄드리거라! 아가씨께서 얼마나 황망하셨겠느냐?"

주인에게 머리를 쥐어박힌 아이가 입을 달싹거렸다. 죄송합니다, 목소리가 울먹이며 기어들어 갔다. 선은 아이가 말하지 못한 뒷말까지 들은 거 같았다. 배가 고파요, 너무 추워요, 돈이 없어요…….

선은 무언가 걸린 듯한 목을 음 음, 가다듬고 달래듯 말했다.

"도둑질을 잘했다고 할 수는 없어."

대꾸 없이 바닥만 노려보는 아이의 정수리를 보다가 선이 한숨을 쉬었다.

"소중한 이에게 선물하려고 어렵사리 모은 돈이라 그냥 줄 수 없어 미안하구나. 잠시만 기다리련? 책을 사고 남으면 네게 주마."

아이가 번쩍 고개를 들어 선과 눈을 마주쳤다. 커질 대로 커진 눈이 의심과 기대를 담고 흔들렸다. 선은 살짝 웃으며 고개를 끄덕여 주었다. 그때 책장 앞에서 책을 살피던 여인의 시선이 제게 날아온 건 알지 못했다. 그 여인의 눈동자에 호기심이 가득 차오른 것도.

선은 세책점 안을 빠르게 둘러보았다. 다른 점포들을 찬찬히 돌아보고, 이것저것 살펴 고를 여유가 없었다. 이리된 이상 화첩이나 가벼운 읽을거리도 괜찮지 않을까 싶었다. 오라버니는 선의 선물이라면 무엇이든 좋아해 줄 테니까.

매대의 책들을 죽 훑어 본 선이 벽의 책장으로 다가갔다. 제 뒤를 집요하게 따라붙는 아이의 눈길에 마음이 급했지만, 눈에 쏙 들어오는 게 없었다. 몇 권 안 되는 화첩은 너무 비쌌고, 서책이라곤 하나같이 공자 맹자 말씀이거나, 도리가 어떻고 인륜이 어떻고, 충심이 효심이 열녀가 어떻고 하는 내용이었다. 안 그래도 오라버니가 과거를 앞두고 질리도록 보고 있는 책들에 하나 더 보태고 싶지는 않았다.

"찾으시는 서책이 없는 것입니까?"

청아한 목소리와 함께 은은한 묵향이 날아왔다. 서책 냄새와 오랜 먼지 냄새 가득한 책방과 잘 어울리는 향기.

선이 고개를 돌리자 높이 틀어 올린 가체가 눈에 먼저 들어왔다. 가체에 꽂힌 비녀와 뒤꽂이에 작은 보석들이 반짝거렸다. 질 좋은 비단인 듯한 옷차림도 화사하기 그지없는, 묵향보다는 분내가 어울릴 법한 여인이었다.

"고르시는 걸 좀 도와드릴까요?"

여인이 미소를 짓자, 그 주변으로 햇살이 몰려드는 거 같았다. 선은 저도 모르게 입이 살짝 벌어졌다. 대뜸 세책점 주인이 둘 사이에 끼어들었다.

"아가씨, 이분은 서월루의 행수님이십니다."

"……서월루요?"

"아, 사대부집 아가씨는 잘 모르실 수 있겠네요. 서월루로 말씀드릴 것 같으면, 미리미리 예약하지 않고는 발도 못 들이는 도성 제일의 기루입지요."

"기루요……."

기루에는 가 보지 못했지만 기생이라면 선도 길에서 본 적 있었다. 하지만 눈앞의 여인처럼 기품 있는 기생은 본 적 없었다. 게다가 묵향이라니.

선의 마음을 읽기라도 한 것처럼 주인이 말을 줄줄 덧붙였다.

"그 유명한 서월루를 운영하시는 대행수님이시죠. 기생이야말로 양반 사대부들과 예술이며 문장을 논하는 예인들 아닙니까? 서책을 가까이하는 게 당연합지요. 특히 우리 행수님은 다양한 나라의 다양한 서책들에 관심 깊은 단골 독서광이시며……."

장황하게 쏟아지던 소개말이 여인의 손짓 한 번에 뚝 끊겼다. 말이 잘린 주인이 입꼬리를 삐죽 올리며 미련 가득한 표정을 지었다. 여인이 선에게 고개를 까닥했다.

"백아란입니다."

선은 무거운 가체를 머리에 이고도 우아하게 인사 건네는 여인을 멍하니 보았다. 뒤늦게 입술을 떼 여인처럼 담백하게 말했다.

"방선이에요."

백아란 행수가 다시금 살포시 미소 지었다. 선은 마치 봄 꽃잎이 피어나는 걸 본 기분이 들었다.

"서책 선택이 쉽지 않으신 듯하여 사뢰었습니다. 초면에 실례가 아니라면 어떤 책을 원하시는지 여쭈어도 될까요?"

"아, 그게 좀 특별한 화첩을…… 비싸지 않은 걸로……."

우물쭈물 대답하며 선은 스스로 민망해 얼굴이 붉어졌다. 특별한 화첩을 찾으면서 값은 싼 거라니. 그래도 아이에게 돈을 남겨 주려면 별수 없었다.

"아니면 글공부하다 머리 식힐 만한…… 가벼운 이야기책이라든가."

"그런 책이라면 저쪽을 살피는 게 빠를 듯하네요."

행수가 턱짓으로 가리키며 세책점 주인에게 신호를 보냈다. 주인 얼굴에 묘한 기색이 스쳤지만, 이내 따라오라는 듯 선에게 고갯짓을 했다. 선은 기다리는 아이를 돌아보았다.

"미안해 어쩌지? 시간이 좀 더 걸릴 거 같구나. 되도록 빨리 책을 고르도록 할게."

"아이는 괘념치 마세요."

백 행수가 나서더니 아이에게 다가갔다. 아이에게 무어라 속삭이곤 품에서 작은 주머니를 꺼내 건넸다. 아이가 절하듯 꾸벅하더니, 선을 힐끗 보고선 밖으로 나갔다. 영문을 몰라 눈을 굴리는 선에게 어서 주인을 따라가라고 행수가 손짓했다. 선은 행수에게 고개를 숙여 보이고는 몸을 돌렸다.

갑자기 발아래가 툭 꺼지는 바람에 선이 비틀거렸다. 선의 옷자락을 잡아 준 손길은 어느새 뒤따라온 백 행수였다. 난데없이 나타난 계단을 보지 못해 아래로 구를 뻔했다. 선은 가슴을 쓸어내렸다.

책방에서도 눈에 잘 띄지 않는 후미진 곳, 주인을 따라오지 않았다면 모르고 지나쳤을 계단, 그 아래 자리 잡은 넓고 깊은 공간, 붓이며 종이 따위 온갖 문구류로 가득한 책장들.

'세책점의 창고?'

미심쩍은 마음으로 두리번거리다 말고, 선은 눈을 의심했다.

커다란 책장 하나의 모서리에 주인이 손을 대자, 무겁게 보이던 책장이 벽 틈으로 쓱 사라졌다. 마치 바퀴라도 달린 것처럼. 그 뒤로 빈 책장이 나타났다. 그 책장도 가볍게 밀려 벽 속으로 사라지고 또 다른 책장이 나타났다. 선의 입에서 탄성이 쏟아졌다.

"세상에!"

"천천히 살펴보시지요."

그제야 선은 이 세책점 이야기를 오라버니한테 들은 기억이 났다. 없는 책이 없고 못 구하는 자료가 없다고 선비들 사이 암암리에 알려져 있다는 세책점. 청나라에서 들어온 책도, 서역에서 온 책도 이곳에 오면 구할 수 있다고 했다. 귀한 화첩이나 양인들이 쓴 책도 대가만 지불하면 얼마든지 구해 준다는 곳.

그 말처럼 시중에서 구하기 어렵다는 천문지리책, 조정 관리들 말고는 가까이할 수 없다는 역법에 관한 책, 외국에서 몰래 들어왔을 양의서도 보였다. 나라에서 금지한 노자 장자 책들, 불경 등과 나란히 염정소설들까지 버젓이 꽂혀 있는 건 놀라움을 넘어 도무지 실제 같지 않았다.

"이, 이 책들은……."

"풍기문란입지요. 남녀상열지사고요."

선은 말을 잃었다. 주인의 표정과 말투는 뻔뻔하다 못해 오만해 보였다.

풍기문란을 조장하는 패관기서니, 강상의 윤리에 도전하는 염정 소설이니 하며 읽거나 파는 자, 갖고만 있다 발각돼도 위험하다는 책들에서 선은 눈을 떼지 못했다. 비밀리에 유통된다는 소설을 하나라도 보고 싶어 세책점을 뒤지고 다닌 적도 있었다. 선도 연모와 연정과 연애에 한창 호기심 많은 열여섯 청춘이니까. 그러나 단 한 권도 구할 수 없던 그 책들이 천장에서 바닥까지 빼곡했다. 그야말로 금서들만 모아 놓은 금지된 책장이었다.

"골머리 썩이는 일 가볍게 잊고, 즐거움이 동할 만한 책이야말로 이쪽 아니겠습니까?"

신난 듯 떠벌리는 주인에게 선은 목소리를 한껏 낮춰 되물었다.

"나라에서 막는 금서가 어찌 가볍고 즐거운 읽을거리란 말이요?"

"하지 말라는 걸 하는 재미야말로 짜릿한 즐거움 아닐는지요?"

염정소설은 제 또래 규수들도 한 권씩 구해 서로 돌려 본다고 들었다. 하지만 친구라곤 하나 없는 선에게는 해당되지 않았다. 호기심의 대상이었던 책들이 너도나도 빼내 달라, 나를 사가라 유혹하는 바람에 선은 눈앞이 어지러울 지경이었다. 오라비 생일선물도 잠시 잊었다. 이 책에 손을 댔다, 저 책을 만지작거리느라 여념 없는 선을 관찰하듯 행수의 눈이 따라다녔다.

무언가 결심한 듯 행수가 선에게 다가갔다. 선이 문득 고개를 돌려 행수에게 물었다.

"네? 지금 뭐라 하셨어요?"

"패설 낭독장에 가 보시겠냐 물었습니다."

"패설 낭독장이요?"

행수가 끄덕이며 다시 한 번 고혹적으로 웃었다.

두근두근, 작은 북소리가 선의 가슴에 울렸다. 패설 낭독이라는 말 때문인지, 행수라는 여인의 봄날 같은 미소 탓인지는 저도 몰랐다.

오
수
다

선은 백아란 행수와 함께 세책점을 나와 옆 골목으로 들어섰다. 시전에 가끔 들렀어도 세책점까지가 고작이었던 선에게는 처음 와 보는 길이었다. 사람이 구름처럼 몰려다닌다는 운종가 바로 옆인데도, 해가 기울어 가는 골목길은 한산했다.

고즈넉하게 느껴지는 길 끝자락에 갑자기 다른 세상처럼 호화로운 기루가 등장했다. 서월루라는 화려한 현판을 단 솟을대문이 보이고, 갓 쓴 선비들이며 관복 입은 사내들이 무리지어 그 안으로 들어갔다. 안쪽에서 손님을 맞이하는 여인들의 교태 어린 목소리가 흘러나왔다. 저도 모르게 선의 걸음이 멎었다.

"이제라도 되돌아가시렵니까?"

행수가 너울 달린 전모 아래 은근한 미소를 보이며 물었다. 낭독장이 서월루 별채라 들었을 때처럼 선의 망설임은 길지 않았다.

"아니요."

선이 딱 잘라 말하자 행수가 다시 걸음을 뗐다. 서월루 대문을 멀찍이 지나치자, 붉은 담장 위로 멋들어진 기와지붕들이 보였다. 지붕들 사이사이 이른 봄꽃이 핀 나뭇가지도 언뜻언뜻 보였다.

'도성 제일 기루라더니, 담도 한없이 기네.'

고아한 나무와 꽃들이 조각된 담을 따라 꺾어져 다시 걸었다. 마침내 행수가 걸음을 멈춘 곳에 문 하나가 나타났다. 선은 붉은 담 사이 비밀처럼 드러난 작은 문을 담장인 줄 알고 지나치려다 멈칫했다. 쪽문 위로 살그머니 튀어나온 지붕과 처마 선이 고왔다. 그때 기다렸다는 듯 문이 열렸다. 마치 안에서 누군가 지켜보기라도 한 듯이.

"들어오시지요."

먼저 들어간 행수가 선을 위해 옆으로 비켜섰다. 선이 뒤따라 들어서자 열릴 때처럼 소리 없이 문이 닫혔다.

긴장했던 선의 표정이 그제야 좀 누그러졌다. 지나치지도 모자라지도 않게 자리 잡은 나무들, 풀밭 사이사이 키 작은 들꽃들이 수놓듯 어우러진 정원이 눈앞에 있었다.

"이쪽입니다."

선을 안내하며 백 행수가 귀띔하기를, 낭독회는 겉으로는 오후에 자수와 차를 즐기는 여인들의 모임 '오수다'로 알려져 있다고 했다. 여염집 후원 같은 정원도, 소박해 보이는 전각도 사대부가의 정갈한 안채처럼 꾸며져 있었다.

넓은 방에는 열 명 남짓 여인들이 흩어져 앉았고, 그 앞에 반짇고리가 각각 놓였다. 선처럼 머리를 땋아 내린 규수도, 틀어 올려 비녀를 꽂은 부인도 있었다. 값비싼 장신구를 두른 이도, 수수한 옷차림을 한 이도 있었다. 덕분에 선은 낡고 초라한 자신의 차림을 신경 쓰지 않아도 되었다. 선이 들어서자 몰리던 시선들은 금세 떨어져 나갔다. 선은 뒤로 닫힌 방문 앞에 가만히 앉았다.

"낭자! 그것이 진정 낭자가 바라는 일이오?"

방 안쪽에 제법 두꺼운 발이 천장에서부터 내려져 있었다. 목소리는 그 뒤에서 흘러나왔다. 사람들의 신경도 그쪽에 쏠려 있었다.

"그러하옵니다, 선비님. 선비님은 제 목숨보다 귀하신 분이니 선비님이 잘못되면 저도 살아갈 수가 없사옵니다."

낭랑한 여자 목소리에 선의 눈이 커졌다. 여자 전기수?

도성에는 바깥나들이가 자유롭지 않은 지체 높은 부인들을 찾아가 책을 읽어 주는 책비가 있다 들었다. 하지만 기루의 별채, 신분도 제각각으로 보이는 여인들 앞에서 낭독하는 여자라니.

"내 눈에도 그대밖에는 보이질 않소. 이 세상이 죄다 그대로 가득 차 버렸소."

고운 여인과 거친 사내를 오가며 듣는 이의 마음을 뒤흔드는 목소리에 선도 금세 빠져들었다. 말투에 묻어나는 애절함에 노골적인 내용에서 오는 민망함조차 느끼지 못했다. 애틋하고 안타깝게 이어지는 절절한 사랑 이야기였다.

"아, 제발."

방 안 누군가 신음을 흘렸다. 듣는 이들을 쥐락펴락 혼을 쏙 빼놓으며 이야기는 절정으로 치달았다. 꽃피우기 힘든 연정으로 헤어져야 했던 연인이, 따라붙는 장애와 방해로 어긋나기만 하다 드디어 다시 만나기 직전이었다. 가슴이 저릿해진 선이 두 손을 모아 쥐었다. 저 둘이 앞으로는 꽃길만 걸었으면.

그때 별안간 문 두드리는 소리가 나고 방문이 열렸다.

"오늘은 이만하셔야겠습니다."

다급하게 말하는 백 행수 뒤로 저 멀리 작은 소란이 전해져 왔다.

"또 단속인가요?"

누군가 속삭여 묻자 행수가 끄덕이며 손으로 출입문을 가리켰다. 급히 몸 일으키는 소리, 아쉽다는 한탄, 서로서로 옷감 스치는 소리들이 뒤섞였다.

행수가 선에게 첫날부터 이리되어 미안하다는 눈빛을 건넸다. 그러곤 발 뒤로 돌아가더니 낭독자를 어딘가로 안내해 사라졌다. 선도 조용히 빠져나가는 여인들을 따라 별채를 나왔다. 이런 일이 처음 아닌 듯 당황도 혼란도 느껴지지 않았다. 나무 쪽문을 나서자마자 여인들은 눈인사와 고갯짓만으로 제각각 흩어졌다.

혼자 남겨져서야 선은 퍼뜩 정신이 들었다. 급히 발을 놀려 아까 갔던 길을 되짚어 나왔다. 골목을 빠져나와 세책점 앞을 지나쳤을 때였다.

"잡아라! 금서를 읽거나 지닌 자들을 잡아들이란 명이시다!"

고함 소리, 발소리들이 몰려왔다. 포졸들이 손에 손에 방망이며 밧줄을 들고 바람처럼 달려오고 있었다. 선은 다급하게 주변을 둘러보았다. 도구전, 도자전 옆으로 포목전이 보이고 마당에 걸린 천들이 나부꼈다. 울긋불긋 한창 마르고 있는 염색 천들이 어서 오라 손짓하는 것처럼 보였다.

선이 달려가 길게 늘어진 천들 사이로 숨는 순간, 포졸들이 그 앞을 스쳐 갔다. 포졸 무리가 일으킨 바람에 천들이 펄럭펄럭 춤을 추었다. 그때, 저 앞까지 달려간 포졸 하나가 문득 뒤돌아보는 걸 선은 몰랐다. 포졸이 자신 쪽으로 다가오는 것도 눈치 못 채고 숨을 고르느라 바빴다.

순간 비명이 터질 뻔한 입을 선은 얼른 틀어막았다. 어느새 천 하나를 두고 포졸과 마주 서 있었다. 심장은 터질 듯 헐떡이고 발은 땅에 달라붙어 떼어지질 않았다.

눈앞에 늘어진 천이 위로 들려 올라가기 시작했다. 선은 눈을 질끈 감았다. 그때였다.

"앗!"

포졸이 신음하며 그 자리에 주저앉았다. 말려 올라가던 천이 도로 툭, 내려왔다. 동시에 누군가 선의 팔목을 잡아끌었다.

"읍!"

소리치려는 선의 입을 막은 이가 다급하게 속삭였다.

"어서 뛰어요!"

제 팔을 붙든 손이 이끄는 대로 선은 무작정 끌려갔다. 시전 거리를 빠져나와 한적한 골목에 이르러서야 팔이 놓여났다.

"후우…… 가, 감사……."

"네. 그쪽도 큰일 날 뻔했죠? 휴……."

선 또래의 규수였다. 동글동글한 얼굴에 또렷한 눈썹과 맑은 눈이 또랑또랑해 보였다.

"후우- 딱, 마침 내가 그 옆에 숨었지 뭐예요?"

가쁘게 숨을 몰아쉬면서도, 장난스레 으스대는 말투가 귀여워 선은 웃음이 나왔다. 그러자 아가씨가 눈을 동그랗게 뜨며 선의 얼굴을 빤히 보았다.

"그쪽은 아무 앞에서나 그렇게 웃으면 안 되겠어요."

볼까지 살짝 붉히며 하는 말에 선은 당황했다. 아가씨가 손을 쓱 내밀었다.

"아까 오수다에 왔던 분 맞죠? 나, 낭독하던 사람."

"아!"

그제야 선은 낭랑한 목소리가 귀에 익다는 걸 깨달았다. 반가움이 솟았다. 단 한 번, 그것도 잠깐 본 사람을 기억하는 눈썰미가 놀라웠다.

"오수다에 온 걸 환영해요. 난 영혜빙, 그쪽은요?"

"선…… 선이요, 방선."

"방선. 예쁜 이름이네요!"

선은 처음 만난 이에게서 들은 말이 어쩐지 낯간지러웠다.

"아까 갑자기 발 너머가 환해지더라고요. 와, 저렇게 예쁜 사람이

왜 이제 나타났지? 낭독 끝나면 같이 차 마시자고 해야지, 했거든
요."

선의 얼굴이 귀 끝까지 붉어졌지만 혜빙은 해맑기만 했다.

"나 예쁜 거 엄청 좋아하거든요. 예쁜 사람, 예쁜 책, 옷도 장신구
도 예쁜 것만 한다고요. 일이 어긋난 바람에 그냥 헤어져 버려 속
상했는데 이렇게 결국 만났네요."

우리 친해질 운명인가 봐, 하며 혜빙은 연신 생글거렸다.

선은 오늘 처음 봤는데 스스럼없이 다가오는 혜빙이 신기했다. 도
성으로 이사 온 뒤, 또래 아가씨와 말을 섞은 건 처음이었다. 가슴
이 간질거렸다.

"그쪽 나이는요?"

"아, 열여섯."

"동갑이네! 그럴 줄 알았어!"

"저기, 좀 전에 포졸은 어떻게……. 아니, 그거 뭐였어요?"

"이거요?"

혜빙이 치마 말기에 매달린 주머니에서 꺼내 든 걸 보고 선의 눈
이 휘둥그레졌다.

"자수바늘?"

"자수를 놓을 땐 바늘, 위급할 때는 무기죠."

혜빙이 검지를 쓱 치켜들며 한쪽 눈을 찡긋했다. 좀 전에 포졸 손
등으로 날아가 꽂히던 것들을 떠올리며 선은 다시 한 번 감탄했다.
바늘을 무기로 쓰다니! 참으로 놀라운 아가씨였다.

"금서를 읽고 쓰는 건 위험을 감수하는 일이잖아요. 선 아가씨도 갖고 있지 않나요?"

혜빙이 자신의 풍성한 치마 허리께를 눈짓으로 가리키자, 선은 할 말을 잃고 말았다. 오늘 세책점에서 구입한 책을 보자기로 허리에 단단히 묶어 놓은 참이었다.

선은 눈앞의 당돌하고 통통 튀는 규수를 좀 더 알고 싶어졌다. 혜빙도 같은 마음이었는지 아쉬워하며 머뭇거렸다.

"이대로 헤어지기 서운한데, 더 늦으면 제가 곤란해서요."

그러고 보니 어느새 어스름이 내리고 있었다. 이러다 인경이라도 울리면 큰일이었다.

"다음의 만남을 위해 오늘의 아쉬움을 견디는 수밖에요."

"다음……이요?"

"오수다에 또 올 거잖아요?"

"아……."

선은 얼떨결에 고개를 끄덕였다. 인사하고 돌아서 가다 말고 혜빙이 다시 몸을 돌려세웠다.

"우리, 다음부터는 말 놓기! 좋죠? 그럼 그때까지 안녕!"

혜빙이 손을 흔들며 멀어져 갔다. 선은 어색하게 손을 들어 올렸다 내리고는 혜빙의 뒷모습을 멍하니 바라보았다. 이른 봄날 코끝을 스치는 저녁 바람이 향기로웠다.

어긋남

쏴아아아아~.

바람이 지나갔다. 가는 나뭇가지마다 물오른 이파리들이 매달려 춤을 추었다. 폭도 그만그만, 깊이도 그만그만한 천변을 따라 휘늘어진 버드나무들이 낭창거렸다.

"정혼녀께서 나를 이리 불러내니 뜻밖이오. 혼인하면 날마다 볼 터인데, 그동안도 참지 못할 만큼 마음이 급하셨나 보오."

혜빙은 연두 잎들에 닿았던 눈을 돌려 사내를 바라보았다. 큰 키에 탄탄해 보이는 몸매, 갸름한 얼굴이 반듯하면서도 차가운 분위기의 선비였다. 무뚝뚝하고 도도해 보이는 눈빛이 마음에 들지 않았다. 신랑감을 보고 싶어 안달 난 철없는 규수로군, 하는 속내가 고스란히 읽혀 더더욱.

"불쑥 뵙자고 하여 송구합니다."

혜빙은 호흡과 마음을 가다듬으며 인사말을 건넸다.

이번에는 홍문관 부제학의 집에서 청혼이 들어왔다. 혜빙은 신랑감을 만나 보고, 이야기 나눠 보고, 어떤 사람인지 직접 보기로 했다. 이제까지의 청혼자들은 집으로 초대해 맞선을 봤지만, 아버지가 더는 부탁을 들어주지 않으니 어쩔 수 없었다. 아버지 몰래 부제학 신간의 집을 알아냈고, 그 아들 신염에게 서찰을 전해 이렇게 만났다.

"제게 하신 청혼을 거두실 생각이 없는지요?"

혜빙이 말을 던지자 신염의 눈빛이 순간 날카로워졌다. 그러자 한층 싸늘하고 오만해 보였다. 그 표정만큼이나 까칠한 대꾸가 돌아왔다.

"까닭을 물어도 되겠소?"

"저와 함께 살기 괴로울 겁니다. 잠버릇 고약하고 심하게 코를 곱니다. 이도 갈고요."

혜빙의 핑계가 귀엽다는 듯 신염이 픽 웃었다. 어쩐지 비웃는 듯한 웃음이었다.

"잠자리야 어쩌다 한 번일 텐데. 부부가 된다 하여 날마다 같은 방에서 잘 거라 여긴 것이오?"

혜빙 얼굴이 살짝 붉어졌다 되돌아왔다.

"술도 엄청 마십니다. 술주정도 심하고요."

"같이 마시면 되겠구려. 술은 나도 어느 정도 즐기니."

여유롭게 받아치는 신염의 얼굴에 어느새 까칠함이 사라지고 느물대는 기색이 자리했다. 표정이 달라지는 만큼 분위기도 달라 보이는 사내였다.

"저는 수놓기도 서툴고 옷 짓는 건 더 못합니다. 규방 여자들이 하는 일이라곤 도통……."

"아, 예조판서 어른께 들었소. 바느질보다 서책을 가까이하신다고. 바느질이야 배우면 되지, 앞으로 평생 하게 될 테니. 좋아하지 않더라도 가까이하다 보면 점차 잘하게 될 거요. 시간을 들인 노력은 배신하지 않는 법이니."

"들으셨다니 얘기가 쉽겠군요. 저는 공자 맹자니 효부 열녀, 그런 고리타분한 말씀보다 연애시나 연정소설에 더 관심이 가고……."

"나는 너그러운 사내요. 아내가 시나 소설을 즐기는 것쯤 모른 척해 줄 수 있소. 안주인 역할에만 소홀하지 않는다면 그깟 서책 취향쯤이야."

혜빙은 어떤 도발도 신염이 느긋하게 받아치자 난감했다.

더 극단적인 방법을 써야 할까? 실수인 척 찻물을 끼얹고, 슬쩍 발을 걸어 넘어뜨리고, 찻상을 놓쳐 다기 파편에 상처 입게 만든 것만으로 다른 선비들은 줄행랑치던데. 의외로 꺾기 쉽지 않은 복병을 만난 거 같았다. 절로 이마가 찡그려지고 이가 입술을 씹었다.

그 입술에 신염의 눈이 닿았다. 잇새에 물린 입술이 앵두처럼 붉었다.

"신체발부 수지부모라 했소. 자신의 입술을 그리 못살게 구는 건 성현의 말씀을 욕되게 하는 것이오."

혜빙은 생각에서 빠져나오며 버릇처럼 물고 있던 입술을 놓아주었다.

"저는 성현의 말씀에 주눅이 들어, 사람이라면 마땅하고 섬세한 감정까지 외면하는 군자가 아니라서 말이지요."

고개를 삐딱하게 세우고 삐딱한 말투로 받아치는 혜빙을 보며, 신엽은 새어 나오는 웃음을 삼켰다.

듣던 대로 독특한 아가씨였다. 비록 부친의 뜻이고 가문의 결정이지만, 아내 될 이가 어떤 규수인지는 엽도 미리 알아본 참이었다. 조금 기우는 이 혼사를 예조판서가 적극 밀어붙이는 까닭을 알 만했다. 그동안 청혼을 엎은 선비가 셋이나 되고, 혜빙에게는 날뛰는 말이니 얼음송곳이니 하는 별명까지 붙었다고 한다.

그렇다 해도 신엽에게는 손해 볼 것 없는 거래였다. 앞으로 자신의 뒷배가 되어 줄 명문가면서 혼기가 찬 규수까지 있는 가문은 드물었다. 날뛰는 야생마라면 얌전한 고양이로 길들이는 맛도 괜찮을 것이다.

"하여 저는, 남녀가 유별하니 사내만 세상에 나아가 일해야 한다. 여인은 규중에 머물고 근면, 검소, 남녀유별만 알면 된다 등의 말씀은 미친 개, 소, 리라 여기는 무례한 자이기에, 성현의 가르침을 몸과 마음에 새기고자 애쓰는 선비님께 누를 끼치게 될까 두렵습니다."

눈을 내리깔고 새초롬한 표정까지 지으며 혜빙이 따박따박 말을 마쳤다. 신엽의 짙은 눈썹 사이로 주름이 언뜻 패었다 사라졌다.

"인의와 예지를 국가의 덕목으로 삼은 나라니, 강상의 구분이 명확하고 남녀가 유별한 것은 법칙이자 윤리요. 한데 그리 불경한 말까지 입에 올리며 나를 거절하는 까닭을 모르겠소."

"말씀드렸는데요? 바느질 따위보다 서책을 읽고 쓰고 만드는 일에 시간과 열정을 쏟으며 살고 싶다고요."

"여인의 본분을 바느질 따위라 하는 건 듣기 거북하구려. 여인이라면 붓과 벼루 대신 바늘과 실을 가까이하는 게 당연하지 않겠소. 그리되도록 내가 돕겠소. 깊은 배움이 오히려 여인에게는 독이 되는 세상이오. 낭자가 불행해지지 않게, 가당치 않은 욕망을 내려놓고 본분에 충실하며 잘 살 수 있도록 최선을 다하리다."

혜빙의 입술 끝이 삐뚜름하니 말려 올라갔다. 치미는 감정을 누르느라 내리깐 속눈썹이 파르르 떨렸다. 혜빙은 한 음, 한 음 힘주어 말하면서 말꼬리를 살짝 올렸다.

"사내에 비해 식, 견이 워낙 짧, 다는 여인네인지라 선비님 말씀을 제대로 알아들었는지 모르겠습니다만……."

혜빙이 눈썹을 들어 올리자 진갈색 눈동자가 빛났다. 반짝이는 햇살 같은 눈동자와 마주친 순간 염은 목덜미가 이상하게 근질거렸다. 처음 드는 느낌에 얼굴이 찌푸려졌다. 저렇듯 맹랑하고 무례한 여인에게 드는 이 감정이 낯설기 그지없었다. 염은 헛기침을 두어 번 하며 말을 골랐다.

"서로 안 맞는 부분은 살면서 차차 맞춰 가면 될 일. 나는 그대가……."

"저와 선비님이 함께하는 삶은 행복할 수 없어요."

혜빙이 염의 말을 뚝 자르며 들어온 바람에 '마음에 드오.'라는 염의 뒷말은 도로 쑥 들어갔다.

"부디 파혼해 주시길 부탁드려요."

잠시 당황했던 신염의 얼굴이 형편없이 구겨졌다. 황당, 민망, 의아 그리고 분노가 섞인 신음이 흘러나왔다.

"하……."

그러거나 말거나 혜빙은 다소곳한 태도로 고개를 깊이 숙였다.

"청혼을 물러 주시면 은인으로 알겠습니다."

"도대체 뭐가 문제요? 내 어디가 그대 마음에 들지 않소? 생긴 게? 목소리가? 아니면 우리 집안이?"

꾹꾹 누르는 분노가 혜빙에게도 읽혔다. 혜빙은 눈을 꾹 한 번 감았다 떴다. 이제 마지막 수를 놓을 차례였다.

"제게는 이미 몸과 마음을 허락한 정인이 있습니다. 강상의 윤리와 성현의 말씀을 목숨처럼 귀히 여기는 선비님께서, 여인 마음의 정절을 하찮다 여기시지는 않겠지요?"

신염의 표정이 참혹할 만큼 굳었다. 삼종지도, 칠거지악이 의무이자 도리인 세상에서 행실 나쁜 규수로 소문나는 것쯤 아무렇지 않다는 것인가?

신씨 가문의 장손으로 떠받들려 살아온 염이다. 이제까지 누구에게 고개 숙여 본 적도, 져 본 적도 없었다. 그런데 이미 다른 사내를 마음에 들인 규수라니. 그것만은 용납할 수 없다. 아버지 마음을 앗아 간 소실 때문에 어머니가 얼마나 망가졌던가. 축첩이 흠이 아닌 사회지만 자신은 부인 하나로 평생 해로할 작정이었다. 아내

는 오로지 자신에게 순종하고, 아들을 낳아 큰 인물로 만들고, 가
문을 빛내는 데 내조를 맡아 줄 사람이어야 했다. 거기서부터 혜빙
은 자격을 잃었다. 그렇게 머리가 순식간에 정리를 마쳤다.

"……청혼을 거두겠소."

신염은 마침내 혜빙이 원하는 대답을 내주었다. 하지만 온전히
승복하지 못하는 찜찜함이 남았다. 어쩐지 입안이 써서 까끌대는
모래라도 뱉어 내듯 뒷말을 덧붙였다.

"대신, 모든 책임은 낭자께서 지셔야 할 것이오."

방싯 웃는 혜빙을 보며 신염은 가슴이 이상하게 버석거렸다.

"고맙습니다."

해맑은 인사에 염의 표정이 더 차갑게 일그러졌다. 말갛게 웃는
혜빙의 얼굴에 햇살이 하얗게 부서졌다. 그 모습이 염의 눈에 선명
하게 담겼다. 난생처음 여인이 마음을 두드린 순간이었다. 물론 찰
나의 바람처럼 바로 흩어져 버릴 테지만.

신염의 귀에 바람이 버들잎을 스치고 가는 소리가 들렸다. 그 사
이로 마지막일 혜빙의 목소리가 들어왔다.

"이 은혜 잊지 않겠습니다."

혜빙이 고개를 살그머니 숙이고 나서 미련 없이 돌아섰다. 그 뒷
모습을 바라보다 염은 손으로 얼굴을 한 번 쓸어내렸다. 어쩐지 마
음 자락이 아릿했다. 도망치듯 멀어지는 뒷모습이, 땋아 내린 머리
칼 끝의 붉은 댕기가 아른거렸다. 바람을 받아 안고 흐드러지는 버
들잎들에 햇살이 아련하게 부서졌다.

부
녀

"신가 선비에게 무슨 짓을 한 것이냐?"

퇴궐해 돌아오기 무섭게 영균지가 혜빙의 처소를 찾았다. 열렸던 방문이 닫히기도 전에 매서운 물음부터 쏟아 냈다.

신염의 느닷없는 파혼 통보에 까닭을 묻자 "따님에게 물어보시지요."라는 무뚝뚝한 대꾸만 돌아왔다. 집에 올 때까지 눌러 참았던 분노가 영균지의 온몸에서 뿜어져 나왔다. 혜빙은 올 것이 왔다는 듯 천천히 눈을 감았다 떴다.

"청혼을 물러 달라 했습……."

탁! 영균지의 손이 서탁을 내리쳤다.

"제정신이냐? 사람도 가문도 빠지지 않는 그런 일등 신랑감을 또 만날 수 있을 거 같으냐? 안 그래도 청혼이 뚝 끊긴 마당에!"

영균지가 소리치다 말고 뒷목을 잡고는 딸을 잡아먹을 듯 노려보았다.

"……꼭 혼인해야 한다면 연모하는 이와 하고 싶습니다. 언젠가는 운명 같은 제 짝이 나타날 거예요."

"또, 또 허황된 소리! 사대부가의 어느 규수가 속절없이 흩어질 연모 따위로 혼사를 한다더냐?"

영균지는 관자놀이를 꾹꾹 누르며 말투에 화를 싣지 않으려 애썼다.

"위로는 구중궁궐의 왕부터 아래로 한미한 양반가에 이르기까지 혼사가 정략 아닌 곳이 없거늘……."

"제 정략혼이 필요할 만큼 우리 집이 변변찮은 가문은 아니잖아요?"

"하아."

날선 한숨 소리가 영균지의 입에서 흘러나왔다.

대대로 예조판서와 대제학을 내놓은 집안, 자손들이 소과와 대과에서 장원급제를 휩쓰는 명문가 중의 명문가면 뭐 하겠는가? 하나뿐인 딸이 혼인이라면 질색팔색하니.

"성혼은 평생 함께한다는 약속이잖아요. 아버지의 외동딸이 잘못된 혼인으로 평생 불행해지는 걸 바라시지는 않잖아요?"

딸의 되바라진 말에 영균지는 대꾸할 말조차 잊었다. 딸의 고집을 마주할 때마다 단단한 벽을 대하는 기분이었다. 자신의 어머니를 대할 때 종종 그랬듯이 만나질 듯 만나지지 않는 평행선을 달리는 기분. 영균지의 심사가 점점 더 끓히는 것도 모르고, 혜빙은 내

친김에 하고 싶던 말을 마저 했다.

"얼굴도 모르는 사람과 만나 의무와 구속에 갇혀 일생 살고 싶지는 않아요. 행복할 리가 없잖……."

"무얼 잘했다고 따박따박 말대꾸냐! 더할 나위 없는 혼사를 또 망쳐 놓고는. 내가 그 혼처에 얼마나 공을 들였는데!"

영균지의 억눌렀던 분노가 터지고 말았다. 이 세상 사람이 아닌 어머니마저 원망스러웠다. 태어나 돌도 되기 전에 어미를 잃은 딸아이가 저라고 안쓰럽지 않았으랴. 몇 년 뒤 후처를 들였지만 어린 혜빙에게 친어미와 같진 않았을 것이다. 그래도 금이야 옥이야 물고 빠는 할머니 품에서 밝게 커 준 딸이 고마웠다. 시집갈 나이인데도 규수의 몸가짐보다는 엉뚱한 데 관심을 쏟고, 혼사 문제로 이리 속을 뒤집어 놓기 전까지는 말이다.

"쯧, 아무래도 어머님이 너를 버려 놓으셨어. 외동 손녀라고 오냐오냐 귀여워만 하시고, 사내들 읽는 서책이나 보게 부추기시더니. 그예 여인의 도리마저 저버리게 만드셨어. ……어머님께 너를 맡기는 게 아니었는데."

"왜, 죄 없는 할머니는……."

말을 마저 잇지 못하고 혜빙이 입을 앙다물었다. 치미는 감정에 말투가 삐딱해졌다.

"돌아가신 분까지 끌어들이는 건 비겁합니다."

끝까지 한마디도 지지 않는 딸을 영균지가 쏘아보았다. 제 할머니를 닮은 것도 모자라 고집까지 빼다 박은 딸. 눈에는 아직 어리고 어여쁜 자식이건만, 어째 말을 섞을수록 물과 기름처럼 서로 겉돌기만 했다. 그때 영균지의 눈에 책장 가득 꽂힌 책들이 들어왔다. 두 눈썹이 꿈틀 올라갔다. 딸을 버려 놓는 원흉이 바로 저것들이렷다!

"거기 누구 없느냐?"

영균지가 방문을 벌컥 열며 소리치자 하인이 달려왔다.

"대감마님, 부르셨습니까?"

영균지는 책장의 책들을 마구잡이로 꺼내 밖으로 내던졌다. 이름만 들으면 알 만한 한문소설들이며 번역 필사본, 온갖 패관문학이며 염정소설들이 마당으로 나가떨어졌다. 혜빙이 틈틈이 쓰다 만 소설 종이 묶음도 땅바닥에 처박혔다.

"아버지, 제발 이것들만은……."

"모조리 광으로 가져가라! 광문은 단단히 걸어 잠그고!"

"아버지, 제발요……."

영균지는 울먹이며 매달리는 혜빙을 싸늘한 눈으로 내려다보았다. 안쓰러워도 딸을 바꿔 놓으려면 이렇게라도 해야 했다. 마음 약해질까 봐 턱에 힘을 주며 다시 한 번 엄포를 놓았다.

"불사르지 않는 것만도 고마워해야 할 것이다! 두 번 다시 이것들이 눈에 뜨일 땐 별채 밖으로 한 걸음도 못 나올 줄 알아라!"

영균지가 찬바람을 일으키며 밖으로 나갔다. 그 뒤로 방문이 쾅 닫혔다.

혜빙은 망연한 얼굴로 자신의 방을 둘러보았다. 들창 아래 작은 책장이 휑했다. 오랫동안 어렵사리 모아 온 책들이었다.

새삼 할머니가 사무쳤다. 어릴 적 할머니 무릎에 앉아 듣던 이야기가 그리웠다. 이야기 좋아하는 할머니 덕에 안채에서 종종 벌어지던 이야기 자리도 그리웠다. 혜빙이 읽어 주는 책을 집 안 하녀들까지 죄 모여 앉아 듣던 시간. 시집간 고모가 그 시간을 바라고 놀러 올 만큼 인기도 높았다. 한문소설을 혜빙이 언문으로 번역해 읽기도 했고, 하녀들 청으로 저자에서 잘 나간다는 애정소설을 읽어 주기도 했다. 할머니가 알아봐 준 세책점을 통하면 어떤 책이라도 구할 수 있었다.

행복했던 시절이었다. 자신의 낭독을 들으며 웃고 울고 감탄하고 안타까워하는 이들의 감정이 저에게 오롯이 흘러들던 순간들. 혜빙이 이야기의 힘을 깨치게 된 시간이기도 했다.

그러나 할머니가 돌아가시자 안채의 이야기 자리도 끝났다. 아버지는 애초에 탐탁잖아 했고, 새어머니도 집안 여자들이 모여 앉아 수다 떠는 걸 곱게 보지 않았다. 하지만 혜빙은 다른 길을 찾아내고야 말았다. 할머니가 소개한 세책점을 통해 백아란 행수와 새로운 인연들을 만났다. 그러니 이번에도 절망만 하고 있지 않을 것이다. 또 다른 길을 기어코 찾아내고 말 테니까.

창백한 달빛이 창호지 문에 비칠 때까지 혜빙은 돌처럼 앉아 있었다.

"방에 불을 켤까요?"

하녀가 들어와 조심스레 물었지만 대꾸는 없었다. 아가씨의 고집을 누구보다 잘 아는 하녀는 조용히 나가 문을 닫았다.

　바람이 방문을 요란스레 흔들고 지나갔다. 혜빙은 이 밤이 어서 지나고 날이 밝기를 기다렸다. 오수다가 그 어느 때보다 그리운 밤이었다.

오
누
이

촛불 하나로 밝히는 방은 어슴푸레했다. 가늘게 타는 촛불은 바람이 방문을 슬쩍 건드는 기척에도 제 그림자를 휘청였다.

"오라버니……."

선이 잡은 관주의 손은 바싹 말라 부서질 것 같았다. 하지만 놓는 순간 그대로 오라비가 사라질 것 같아 선은 놓을 수 없었다.

"선아, 미안……하다……."

관주가 힘겹게 숨을 쉴 때마다 목소리가 툭 툭 끊어졌다.

"올해는…… 과거 급제해…… 집안 일으키고, 네…… 신랑감도 찾아 주고……."

"그런 거 필요 없어. 난 오라버니만 있으면 돼."

"그때까지만이라도…… 버티길…… 바랐는데……."

"오라버니, 힘드니까 그만 말해. 제발."

선은 눈물범벅으로 관주의 말을 막았다. 어려서부터 잔병치레가 잦던 오라비였다. 웃으며 늘 괜찮다 한다고 정말 그리 여기다니. 오라비의 파리한 안색을, 말라 가는 몸을 진작 알아봤어야 했다. 몸부터 돌보도록 해야 했다. 쏟아지는 후회와 자책으로 선은 피가 맺히도록 입술을 짓씹었다.

관주와 선은 부모가 서른 중반도 넘어 얻은 늦둥이 남매였다. 연년생인 오누이는 쌍생아처럼 닮은 데다, 총명함이 남달라 부모의 기대와 애정이 넘쳤다. 그러나 여러 해 전, 온 나라를 휩쓸고 간 역병은 오누이의 삶을 수렁에 빠뜨렸다. 부모 둘 다 세상을 떠났을 때 관주가 고작 열한 살, 선은 열 살이었다. 일가친척 하나 없는 가난한 양반가의 아들인 관주는 그때부터 작은 어깨에 가장의 짐을 짊어져야 했다.

그림을 좋아해 동생을 그려 주던 붓으로 책의 삽화를 그리고, 밤새도록 서책들을 필사해 돈과 바꿨다. 자라나며 선이 필사를 거들고, 유모도 삯바느질로 보탰지만 살림은 좀체 나아지지 않았다.

나이가 차면서 관주는 과거 공부도 시작했다. 가문을 일으킨다는 명분 말고도, 낮은 벼슬이라도 하면 녹봉이 나올 거란 기대였다. 하지만 밥벌이에 과거 준비까지 밤낮없이 무리해서인지 몸져눕는 일이 잦았다. 이번에도 꽃을 시샘한 바람에 든 고뿔이 오래간다 싶더니 끝내 피를 토하고 쓰러졌다. 없는 살림에 의원을 부르고 탕약도 꼬박꼬박 달였지만 털고 일어나지 못했다.

"내 동생…… 미안해……."

"뭐가 미안해? 미안한 건 난데……."

선이 울음을 삼켰다.

"이제는 내가 오라버니 먹여 살릴게. 그러니까 일어나기만 해, 제발."

부르트고 갈라진 입술을 달싹이다 말고 관주가 쌔액 쌕, 받은 숨을 골랐다. 힘겹게 손을 들어 선의 뺨에 흥건한 눈물을 닦아 주었다.

"……네가, 사내였다면…… 과거도 보고, 출사해서 능력을…… 펼칠 수 있었을걸."

선은 움찔했다. 언젠가도 오라비가 내비쳤던 말이다.

"내가 여인이고 네가 사내였다면 어땠을까? 과거를 본다면 너는 영특하니 장원은 따 놓았을 텐데."

혹여 자신에게 무슨 일이라도 생기면 혼자가 될 여동생에 대한 염려에서 흘러나온 속내였다.

관주의 마음이 경학보다 그림에, 섬세한 붓끝으로 묘사하는 쪽에 더 기운다면, 선은 서책 내용을 어렵지 않게 받아들여 자신의 것으로 익히고 응용하는 데 탁월했다. 오라비 말대로 선이 사내였다면 진작 과거 공부에 매달렸을지도 모른다. 하지만 부질없는 상상이요, 불가능한 현실이었다.

"……몰락한 양반 여식이…… 세상에 혼자 남아……."

말을 더 잇지 못하고 관주가 헐떡였다. 금세라도 숨이 넘어갈 듯

해 선은 도리질치며 관주를 붙들었다.

"오라버니! 그만 말해. 제발……."

애태우는 선에게 관주의 안타까운 시선이 한참 머물렀다. 목소리가 꺼질 듯 가냘프게 새어 나왔다.

"……가여운 내 동생……."

선에게 오던 관주의 손이 힘없이 툭, 떨어졌다. 두 눈에 그렁했던 눈물도 후둑 떨어져 내렸다.

"오, 오라버니…… 안 돼! 오라버니!"

선은 정신없이 관주의 얼굴을 어루만지고 어깨를 쓰다듬었다. 긴 잠에 빠져드는 듯 감겨 버린 눈두덩이 지독히도 슬퍼 보였다. 식어 가는 온기가 선의 심장을 아프게 찢었다.

"……오라……버…… 흐윽……."

관주를 끌어안은 채로 선은 정신을 놓아 버렸다.

어떤 손이 선의 어깨를 흔들었다.

"아가씨……."

누구지? 여기는 어디지? 방인가? 조금 전까지 산에 있었는데, 왜 방이지?

눈두덩이 아팠다. 선은 손바닥을 눈에 대 보았다. 눈물이 없다. 가슴이 도려 내진 듯 아픈데 어째서…….

"아가씨! 제발 정신 좀……."

선의 정신이 서서히 깨어났다.

"……유모?"

"아가씨, 나 알아보겠어요? 한참을 이리 앉아만 계셔서 얼마나 무섭던지. 아가씨마저 어찌 될까 봐, 나는……."

어떻게 치른지도 모르게 끝났다. 곡도 문상객도 없는 초라한 장례. 어찌어찌 야산 한 귀퉁이에 새로 만든 작은 무덤. 오라비마저 보내고 혼자 남은 나.

선은 모든 게 거짓말 같았다. 이제 세상에서 선이 아는 사람이라고는 유모밖에 없었다. 그 딱 한 사람인 유모의 목소리가 머리에 웅웅 울렸다.

"도련님을 생각해서라도 맘 단단히 먹으셔야죠. 아가씨가 이리 넋 놓고 계시면 도련님이……."

유모가 뒷말을 잇지 못하고 눈물을 훔쳤다. 뭐라도 먹고 기운 차려야 한다는 유모의 재촉에도 선은 허망하기만 했다.

'오라버니도 없는 세상에 나 혼자 살아 뭐 해? 나도 데려가지 그랬어, 오라버니.'

고작 방 서너 칸짜리 작은 집이 수십 칸 넓은 집처럼 휑했다. 마루 끝에 걸터앉은 선의 눈길이 오라비가 그림 그리던 방으로, 오라비가 걸어 나가던 마당으로, 오라비가 지나쳐 가던 담벼락으로, 오라비가 올려다보던 하늘로 멍하니 옮겨 다녔다. 그러다 문득 눈에 초점이 돌아왔다. 손에 무언가 쥐고 있다는 걸 깨닫고서였다.

차마 반납하지 못한 호패, 오라비의 신분증명서였다. 나뭇조각에 새겨진 이름 '방관주'를 선은 물끄러미 내려다보았다.

'네가 사내였다면 어땠을까?'

몰락한 양반의 딸로 혼자 살아야 하는 걸 걱정하던 오라비의 목소리가 들리는 듯했다.

선은 나무 호패가 부러질 듯 손으로 꽉 움켜쥐었다.

"……내가 할게, 오라버니. 과거를 보고 벼슬도 하고 가문도 일으킬게. 조정에 나가 오라버니가 알아보려던 일도 내가 할게. 내가…… 방관주가 될게."

선은 여섯 해전 북방 시골에 살던 때를 떠올렸다. 부모가 돌아가시고 막 장례를 치렀을 무렵, 집 안을 둘러보며 유모가 탄식했다.

"방씨 가문이 하루아침에 이리될 줄 누가 알았겠어요? 도성에 살 때만 해도 고래등같은 집에 문지방이 닳도록 손님이 드나들었는데……."

말하다 말고 유모가 재빨리 입을 다물었지만, 흘려듣지 않은 선이 말꼬리를 물었다.

"그 얘기 좀 자세히 해 줘, 유모."

"나도 궁금했어. 부모님은 도통 말해 주지 않으셨으니……."

관주도 덩달아 조르자 유모가 마지못해 입을 열었다. 나라의 높은 관리였던 아버지가 어느 날 큰 죄를 짓고 파직되었다는 것, 유배가 끝난 뒤에도 도성으로 돌아가지 않고 시골 마을에 정착했다는 것, 도성에 남아 있던 식솔들도 불러와 새 삶을 시작했다는 것까지. 그 밖의 자세한 사정은 유모도 잘 모른다 했다.

"안방마님이 아기씨 안고 제가 도련님 업고, 산 넘고 물 건너 예까지 오며 고생이란 고생은 다했지요."

그때 유모가 코를 훌쩍이던 모습도 아직 생생했다.

선에게 도성에서의 기억은 오라비와 이사 온 뒤가 전부였다.

자신이 젖먹이 때 무슨 일이 있었던 걸까? 조정에 나가게 되면 아
버지의 흔적을 찾아보겠다던 오라비의 말이 선의 마음을 다잡게
만들었다.

유모가 선의 댕기머리에 가위를 가져다 대었다. 어깨 길이만큼
짧아진 머리칼로 상투를 틀어 주면서도 유모는 거듭 눈물을 닦아
냈다. 하지만 선의 표정은 덤덤했다.

"잘 배워서 다음부터는 상투 내가 틀게."

그 말에 눈물만 쏟던 유모가 소리 내 흐느끼기 시작했다. 선은
울컥, 올라온 울음을 삼키며 유모의 손을 잡았다.

"유모마저 없었으면 얼마나 막막했을까. 보잘것없는 우리 집에 남
아 줘서, 같이 있어 줘서 고마워, 유모."

"아가씨……."

눈물을 쏟아 내는 유모를 달래며 선은 입을 악다물었다. 두 번
다시 울지 않을 거야. 방선을 죽이고 방관주로 살 거야. 사내가 되
려면 새로운 것들을 배우고 사소한 버릇도 고쳐 나가야 해. 울 시
간이 어디 있어?

선이 치마저고리를 벗었다. 유모가 건네주는 대로 적삼을 입고, 바
지, 저고리, 배자, 도포를 걸쳤다. 바지는 작은 사폭이 왼쪽으로 가게

하고, 허리끈을 우에서 좌로 둘러 묶는다는 것도 처음 알았다.

"이런다고 아가씨가 정말 사내로 보일까요?"

선의 얼굴에 처연한 미소가 지나갔다. 그러곤 스스로 다짐하듯 중얼거렸다.

"보이려 하지 말고, 보게 만들어야겠지."

말하고 먹고 숨 쉬는 것까지 철저히 방관주로.

사내가 되기 위한 말투, 표정, 행동거지를 연습했다. 허리를 꼿꼿이 세우고 걷기, 낮고 굵게 목소리 내기……. 굳게 먹은 마음과 달리 어색하고 불편했지만 오라비가 없는 현실을 견디는 것보다는 나았다. 순간순간 휘몰아쳐 오는 슬픔에 빠져들지 않으려고 선은 코앞에 닥친 과거 준비에 온 힘을 쏟았다.

동맹

혜빙은 서월루의 서별채 문을 나서다 말고 멈칫했다. 웬 선비 하나가 서성이다 자신을 보고 귀신이라도 본 양했다. 기겁해 달아나는 걸 바라보다 혜빙은 뒤를 쫓아가기 시작했다.

무언가 냄새 맡고 염탐이라도 한 걸까? 여기 드나드는 정인이나 여동생의 뒤라도 밟았나? 그렇다기엔 오수다가 끝난 지도 한참 되었다. 무엇보다 자신을 보고 소스라치던 선비, 스치듯 본 그 얼굴이 낯설지 않았다.

장터거리를 오가는 많은 이들 속에서 신기하게 선비의 뒷모습은 눈에 쏙 들어왔다. 훤칠하게 큰 키도 아니고, 떡 벌어진 어깨도 아닌데……. 반드시 붙잡아 저 얼굴을 다시 보고 말리라. 야무진 결심으로 혜빙은 선비의 뒤통수에 눈을 박은 채 거리를 좁혀 갔다.

"저기요, 선비……."

부르다 말고 혜빙은 흠칫해 입을 다물었다. 서늘한 바람이 훑고 간 것처럼 묘한 기시감이 들었다. 저 뒷모습, 저 걸음걸이, 그리고 이 길······.

"설마······."

그사이 가까스로 좁혔던 선비와의 거리가 다시 벌어지고 있었다.

"선비님!"

부르는 소리에 잠시 주춤했던 선비는 뒤도 안 보고 더 빠르게 달아났다. 혜빙도 뒤쫓아 달리며 있는 힘껏 큰 소리로 불렀다.

"선비님! 아니, 방선 아가씨!"

선비가 우뚝 멈췄다. 그러나 금세 다시 발을 떼 놓았다. 이번에도 뒤는 돌아보지 않았다. 혜빙은 쪼르르 달려가 그 앞을 막아섰다. 그러곤 선비의 코앞에 얼굴을 들이밀었다.

"역시 선 아가씨군요?"

선비가 눈에 띄게 당황한 기색으로 물러섰다. 동시에 손으로 갓을 잡아내려 얼굴을 가렸다.

"······사람 잘못 보았소."

그 한 마디만으로도 혜빙은 알아채고 말았다. 애써 낮게 내는 사내 음성 뒤의 여인 음색을. 자신 옆으로 비켜 가려는 선비를 혜빙이 가로막았다. 선비가 반대쪽으로 비켜 가려는 걸 다시 한 번 막아서며 물었다.

"나, 기억하죠? 오수다에서 만났던 영혜빙."

놓아주지 않는 혜빙을 선비가 물끄러미 보았다. 머루처럼 새까만 눈동자를 마주하며 혜빙이 눈매를 살포시 휘어 웃었다. 상투 올리고 갓을 썼다고 해서 그 얼굴을 내가 몰라볼 리가. 선비가 마침내 체념한 듯 한숨을 후우, 뱉었다.

"이렇게 바로 들키다니……. 갈 길이 머네."

그러게. 귀신을 속이지 누굴 속여? 혜빙의 입가가 헤실헤실 풀어졌다.

"그동안 얼마나 기다렸다고요. 무슨 일이 있었던 거예요? 그 옷차림은 뭐고? 얼굴은 또 왜 그리 반쪽이 되고?"

한가한 다점에 들어가 마주 앉은 뒤였다. 선이 말없이 차로 입술만 축이자, 혜빙도 그제야 입을 다물고 가만히 기다렸다. 선의 입이 열린 것은 찻잔이 비고 다시 채운 찻잔이 또 비워진 뒤였다.

"내 비밀…… 지켜 줄 건가요?"

"그거야……."

일단 이야기를 들어보고 나서, 라는 말을 삼키며 혜빙이 고개를 끄덕였다. 눈에 띄게 야위고 달빛만큼이나 창백한 선의 얼굴이 처연해 보였다. 혜빙은 탁자에 놓인 선의 손을 가만히 자신의 두 손으로 잡았다. 저도 모르게 나온 행동이었다. 어쩐지 위로가 필요할 거 같아서.

제 손을 감싼 혜빙의 손을 우두커니 보던 선이, 그간의 일을 털어놓았다. 선의 하나뿐인 오라버니가 세상을 떠났다는 말에 혜빙의 눈에 눈물이 차올랐다. 그 오라버니 이름으로 선이 과거를 봐 장원급제했다는 말을 듣고는 입이 딱 벌어졌다. 예문관 한림 벼슬을 받아, 출퇴근하는 관리가 되었다는 이야기에는 기어이 탄성이 나왔다.

"와!"

선의 입가에 흐릿한 웃음이 어렸다. 하지만 웃음은 빠르게 지워지고 눈시울이 뜨거워졌다. 오라비가 생각나면 늘 이랬다. 선은 얼른 손을 올려 눈가를 문질렀다.

혜빙은 일어나 선의 옆자리로 옮겨갔다. 혜빙이 선을 끌어안자 선의 몸이 딱딱하게 굳었다. 말없이 건네는 위로에, 전해져 오는 온기에 몸의 긴장이 풀어지고 눈에서 후두둑 눈물이 쏟아졌다.

"아, 이런……."

선이 당황하며 다시 손을 들어 올리는데 혜빙이 먼저 손수건을 갖다 대었다. 울지 않으려고 선이 입술을 깨물자 혜빙의 손가락이 그 입술을 톡톡 두드리며 말렸다.

"울고 싶을 땐 실컷 우는 거예요. 나 손수건 많거든요."

혜빙의 다정한 말에 막아 뒀던 둑이 넘치듯 선의 울음이 터져 버렸다. 그 많은 눈물이 어디에 숨어 있었는지 하염없이 흘러나왔다. 선은 손으로 가슴을 움켜쥐고 소리 없이 눈물만 흘렸다.

혜빙도 여러 번 눈시울이 젖었다. 선이 말하지 않아도 그 외로움의 크기, 절망의 무게가 와닿았다.

첫눈에 쏙 들어왔던 어여쁜 이가 상처 입고 홀로 버려진 아이처럼 운다. 기쁘고 반갑고 슬프고 화가 났다. 보고 싶던 이를 다시 만나 반갑고, 제게 마음을 열어 보여 주니 기뻤다. 이 사람을 둘러싼 환경의 가혹함에, 그간의 고통과 외로움에 도움도 위로도 무엇 하나 해 줄 수 없던 것에는 화가 났다.

"미안해요, 이러려던 게 아닌데……."

어깨까지 들썩이며 흐느끼는 선비와 그 선비를 감싸 안고 토닥이는 규수를 다점의 일꾼과 손님들이 힐끗거렸다.

마침내 마음을 가라앉힌 선이 말갛게 웃었다. 담담하려 애쓰는 미소가 아프고 시렸다. 그래서 혜빙은 다소 불퉁스럽게 물었다.

"그러니까 이젠 선 아가씨가 아니라 관주 선비님이라고요?"

그게 어떤 건지 알아요? 자신의 본색을 외면하고 평생 남들 눈을 속이며 살아야 하는 건데, 괜찮겠어요? 차마 묻지 못하는 혜빙의 눈에 선의 어깨가 들어왔다. 무거운 짐을 얹은 가냘픈 어깨가 위태로워 보였다.

"그렇소. 나는 이제 사내요. 방씨 집안의 가주이자 이 나라의 관리요."

물기 어린 목소리로 담백하게 웃는 선의 모습을 혜빙은 찬찬히 눈에 담았다. 첫 만남 때 보았던 수줍은 소녀 대신 수려한 선비가 앞에 있었다. 청량하고 잔잔한 목소리도 의외로 선비다운 말투와 어울렸다. 철저하게 사내로 보이려 얼마나 애썼을지 짐작이 갔다.

"오늘따라 마음이 울적해 이리저리 거닐다 보니 서월루 별채 앞이었소. 그날의 기억이 나를 이끌었던가 보오. 덕분에 그대를 만났으니 마지막 인사를 할 수 있어 다행이오. 고마웠소. 이젠 가 봐야겠소."

마지막? 하고 입을 달싹거리던 혜빙이 다급하게 물었다.

"그럼 오수다에 이젠 안 온다고요?"

그거야 그대가 더 잘 알지 않소? 하는 얼굴로 선이 쓸쓸하게 웃었다. 여인들만의 비밀 모임에 사내가 어찌 함께할 수 있으랴.

"그럼 부디 잘 지내시길."

인사를 건네고 돌아서는 선의 옷자락을 혜빙이 급히 붙잡았다.

"잠깐, 잠깐만……."

혜빙은 눈에 힘을 주고 이를 맞물며 필사적으로 생각했다. 이 사람을 이대로 보내기 싫어. 이 친구를 다시 못 보는 건 싫어. 이 아가씨를 돕고 싶어. 뭔가 방법이 있을 거야. 우리가 함께할 수 있고, 둘다에게 좋은 길이.

"선! 아니, 관주 선비님! 나한테 청혼해요!"

선은 내가 무슨 말을 들은 거지? 하는 표정을 지었다.

"나랑 혼인하자고요. 그래서 둘이 같이 살면 되잖아요."

혜빙으로선 재빨리 머리를 굴린 끝에 찾은 답이자 최선의 길이었다. 선이 벌어졌던 입을 한참 만에야 다물고는 큭, 웃었다.

"같은 여자한테 혼인을 하자니, 미치지 않고서야……. 홋!"

선은 오랜만에 소리 내 웃어 보았다. 처음 봤을 때부터 그러더니, 아무래도 사람을 홀리는 아가씨가 틀림없었다.

혜빙도 피식, 따라 웃고는 얼굴을 선에게 바싹 들이댔다.

"나도 단박에 눈치챘는데, 선비님을 이제까지 여인으로 의심한 사람은 없었을까요? 나랏일까지 하고 있는데 말이죠."

선의 얼굴 근육이 파르르 떨렸다. 그 말처럼 매번 조심스럽고 불안한 하루하루였다. 오늘은 평소 쳐다보기도 어려운 높은 관리한테서 사위가 되어 달란 청을 받았다. 물론 그 자리에서 거절했지만 불안과 두려움은 깊어졌다. 벼슬을 하게 된 뒤 심심찮게 청혼이 들어오는 참이었다.

선의 떨리는 눈동자를 응시하며 혜빙이 한 걸음 더 훅 들어갔다.

"혼인하면 한 여자의 지아비가 되니 의심의 눈길들도 떠나겠죠. 본색을 숨겨야 하는 남장 여인에게 이만큼 안전한 자리가 있겠어요? 물론 내가 적극 도울 거고요."

차곡차곡 말을 잇는 혜빙을 선이 새삼스러운 눈으로 다시 보았다. 새초롬해 보이는 표정, 환한 이마 아래 가지런한 눈썹, 오묘하게 반짝이는 갈색 눈동자. 뜬금없이 혜빙이란 이름과 잘 어울린다는 생각이 들었다. 저 독특한 눈빛과 낭랑한 목소리가 이따금 생각났다.

"음, 그러면…… 혜빙 아가씨는 무얼 얻는데요?"

선은 자신도 모르게 사내의 표정과 말투를 걷어 내며 물었다.

이거 봐, 이거 봐. 속으로 혀를 차며 혜빙이 대꾸했다.

"그야 나죠. 누구의 아내, 누구의 어머니가 아닌 영혜빙. 나는 어디까지나 온전한 나로 살고 싶거든요."

"온전한 나라……. 혼인하면 오히려 멀어질 텐데요?"

"아무 사내와 하면 그리되겠지만 선 아가씨가 낭군이라면 다르겠죠?"

"……."

"내가 원하는 혼인 조건은 딱 하나예요. 서로의 삶에 간섭 말기. 선 아가씨는 사내로 살고 나는 나로 살고. 각자 원하는 걸 얻을 수 있어요. 그러니 이 혼인은 우리 둘 다한테 이득이죠."

맹랑하긴 했지만 혜빙의 말은 구구절절 옳았다. 선이 보기에도 괜찮은 제안이었다. 하지만 덥석 받아들이기에는 혜빙이 앞으로 잃어야 할 게 많았다. 무엇보다 걸리는 건…….

"나와 혼인한다면 아가씨는 평생 사내를 모르고 살아야 할 텐데 후회하지 않겠어요? 아이도 낳을 수 없고."

그 말에 혜빙이 잠시 생각에 잠겼다.

"그건 선 아가씨도 마찬가지잖아요. 뭐, 사내가 필요해지면 각자 정인이라도 두면 되죠."

천연덕스러운 대답에 선이 눈을 치켜떴다. 참으로 생각도 배포도 남다른 규수였다.

오라비 옷을 입을 때부터 선은 사내로 평생 살겠다 결심했기에 혼인은 계획에 없었다. 껍데기 속은 여인인데 어떻게 여인과 부부가 되겠는가? 그런데 운명이 다른 손을 내밀었다. 잡을지 안 잡을지는 이제 자신의 몫이었다.

열어 놓은 들창으로 지나는 바람 소리가 들렸다. 나뭇가지들이 사락거리고 꽃잎들이 흩날렸다. 진분홍 작은 꽃잎 하나가 찻잔 속

으로 떨어졌다. 잔에 담긴 찻물에 미세한 파문이 일었다.

이리저리 헤집어졌던 선의 머릿속이 하나하나 정리되었다. 찻잔의 파문은 가라앉았지만 선에게는 마지막 질문 하나가 남아 있었다. 그 무엇보다 가장 중요한 물음. 숨을 길게 들이쉬고 나서 입을 떼는 선의 턱이 굳어 있었다.

"만에 하나, 여인끼리의 혼인이라는 게 발각되면…… 둘 다 참형을 면치 못할 거예요. 거기까지 생각한 건가요?"

"……들키지 않으면 되죠."

찰나의 망설임을 두고 혜빙의 대꾸가 나왔다. 그래도 들킨다면? 입속에 걸린 말을 삼키는 대신, 선은 선비의 표정과 말투로 돌아왔다.

"좋소. 멀리멀리 날아 보시오. 내가 그대의 뒷배가 되어 드리겠소. 낭자가 원하는 삶을 살 수 있도록 벗으로 지아비로 곁을 지키겠소."

혜빙 얼굴에 햇살 같은 웃음이 번졌다. 그 웃음에 전염된 듯 선의 얼굴에도 미소가 떠올랐다. 선은 어쩐지 가슴이 말랑말랑, 어여쁜 나비라도 날아든 듯 설레었다.

혜빙이 장난스레 눈을 내리깔고는 다소곳한 아가씨의 모습으로 대꾸했다.

"낭군이 세상에 나아가고 원하는 것을 얻는 데, 내 도움도 만만치 않을 겁니다."

어디선가 날아온 노란 꽃잎이 또 찻잔 속으로 떨어져 분홍 꽃잎과 몸을 포갰다.

인
연

마당에 꽃돗자리가 깔리고 초례상이 놓였다. 상을 가운데 두고 푸른 단령(남자 혼례복)에 사모를 쓴 선과 울긋불긋 활옷(여자 혼례복)을 입은 혜빙이 마주 섰다.

초례상 너머로 눈이 마주치자 혜빙이 의미심장하게 웃었다. 선은 눈을 얼른 내리깔았지만 입꼬리가 슬쩍 올라가는 걸 어쩌지는 못했다. 그러나 웃음기는 금세 지워졌다. 혼인 소식을 전했을 때 펄쩍 뛰던 유모가 떠올랐다.

"어쩌려고 그러세요? 영 판서댁 아가씨까지 같이 죽자는 거예요?"

선이 오라비 옷을 입은 날부터 시작된 유모의 불안증은 나날이 더해 갔다. 선이 장원으로 급제했을 때도 실력을 좀 숨기지 그랬냐며 타박했다. 남장 여인으로 살아야 하는 선을 안쓰러워하면서도 정체가 탄로 날까 전전긍긍했다.

"……지금이라도 멀리 떠나 본색대로 삽시다. 관주 도련님도 그냥 아가씨가 걱정되어 한 말일 텐데……. 우리 둘이 나물 캐고 삯바느질이라도 하면 두 목숨 풀칠이야 못 하겠소? 아가씨, 마음을 다시 고쳐먹고……."

"이건 나도, 혜빙 아가씨도 살기 위해서야."

유모를 달래면서도 선이라고 두렵지 않을 리 없었다.

"유모, 나 잘 해낼 거야. 믿어 줘."

혼례 날인 오늘까지도 수없이 뒤집어지고 오락가락하던 선의 마음이 혜빙의 티 없는 웃음에 씻은 듯 가벼워졌다. 저 아가씨는 아무래도 사람을 홀리는 게 맞다. 감춰 둔 꼬리는 없는지, 선의 눈길이 혜빙의 치맛자락 끝을 슬쩍 더듬었다. 신랑 신부가 맞절을 하였다. 옷자락 사이 버선발 아래로 향기로운 바람이 지나갔다.

"감축드립니다!"

"검은 머리 파뿌리 될 때까지 행복하세요!"

축하객들의 외침과 박수가 와자하게 퍼졌다. 정원의 나뭇가지에서 새들이 놀란 듯 날아올랐다. 그 나무 아래, 신엽이 표정 없는 얼굴로 신랑 신부를 바라보고 있었다.

'정인이 방관주였단 말이지?'

신엽에게 방관주는 자신보다 한 해 뒤 급제해 조정에 들어온 풋내기 후배였다. 자신에게 쏠리던 왕의 총애를 가로채 가 버린 그 자가 영혜빙의 신랑이라고? 소식을 들었을 때 염은 도무지 믿어지지 않았다. 가문 좋고 잘 나가는 자신을 두고, 듣도 보도 못한 집안의 애송이라니. 아버지는 방관주가 예조판서의 사위가 된다는 소식에 인상부터 험악해지더니 혼례식에도 불참했다.

무엇 하나 꿇릴 게 없는 자신이 방관주보다 못한 거라면…… 얼굴? 같은 사내가 보기에도 저놈의 인물 하나는 괜찮았다. 자신도 어디서 눌릴 만한 외모는 아닌데 방관주 앞에서는 빛이 바래는 거 같았다. 염은 새삼 부모가 원망스러웠다. 입매가 삐뚜름 말려 올라가다 퍼뜩 정신이 들었다. 내가 이렇게 유치할 수가!

그날 천변에서 돌아서던 한 걸음, 한 걸음마다 더 무거운 추가 매달렸었다. 앞으로 그곳을 걸으면 혜빙의 해사한 미소가 스쳐 가고, 물오른 버들잎을 보면 그 똘망하던 눈동자가 생각나리란 걸 알았다. 그녀를 놓치고 만 자신의 어리석음도.

'마음이야 차차 빼앗아 오면 됐을 것을. 얼굴 보고 살 맞대고 살다 보면 없는 연심도 생기고 정도 깊어질 것을.'

정인이 있다는 말에 발끈해 돌아섰던 자신을 뒤늦게 꾸짖기도 했다. 청혼을 다시 넣어 볼까 하는 마음과 무너진 자존심 사이를 저울질하다 기회를 영영 잃었다.

"하필 방관주라니!"

염의 마음에 쓰라린 질투가 상처처럼 새겨졌다. 그 상처가 방관주를 치워 버리고 싶다며 고함을 쳤다. 그리고 그 말에 따르고 싶어졌다.

어느새 매서워진 염의 눈앞으로 불쑥 술병이 다가왔다. 입이 귀에 걸린 영균지가 술을 건네고 있었다.

영균지는 축하객들 사이를 돌아다니며 술을 권하고, 다른 손으로는 술잔을 받아 마셨다. 사랑하는 만큼 속 썩이던 외동딸의 혼사를 드디어 성사시켰다는 만족감에 취하고, 술에 취했다.

방관주가 청혼을 해 왔을 때 영균지는 어안이 벙벙했다. 올해 조정을 떠들썩하게 만든 나이 어린 장원급제자였다. 대왕이 총애하는 젊고 유능하고 장래가 촉망되는 인재였다. 밀려드는 청혼서만 모아 불을 때도 여러 날 방을 덥힐 정도라 들었다. 쏟아지는 청혼을 모조리 거절한다는 이야기도 들렸다. 그런 방관주가 딸의 신랑감으로 자신은 어떠냐고 먼저 물어온 것이다.

눈만 끔뻑끔뻑하던 영균지는 거절의 말을 더듬더듬 입에 올렸다. 그러자 방관주가 조심스럽게 다시 물어 왔다.

"제 가문이 보잘것없어 내키지 않으십니까?"

속을 들킨 거 같아 당황한 영균지가 뒤늦게 고개를 저었다. 누구보다 탐나는 인재지만 변변찮은 집안이 걸리는 건 사실이었다. 한편 이 아름답고 순수한 젊은이가 제 딸에게 상처받는 꼴만은 보고 싶지 않은 마음도 컸다.

"그런 게 아니라면 한 번 고려해 봐 주시겠습니까? 따님께도 물어보시고요."

그래 봤자 결과는 뻔할 텐데, 속으로 중얼대면서도 영균지는 그러마고 약속하고 말았다. 그래서 딸에게도 지나가듯 말을 흘렸을 뿐이다.

"좋아요."

혜빙이 단박에 승낙하자 영균지는 잘못 들은 줄 알았다. 아니면 혜빙이 잘못 알아들었거나.

"방관주 한림이란 말이죠? 그분과 혼인할게요."

"그래……. 응? 지금 뭐라고?"

"혼인하겠다고요."

순간 영균지는 울컥하고 말았다. 혼인 얘기만 나오면 치를 떨던 딸이 시집을 가겠다니! 마음속으로 만세를 외치는 영균지의 눈가가 붉어졌다. 그러다 한발 늦게 사윗감의 집안이 떠오르자 미간이 찌푸려졌다. 그 마음을 눈치챈 혜빙이 쐐기를 단단히 박았다.

"그 선비, 우연히 본 적 있는데 한눈에 반해 버렸거든요. 마치 운명 같았어요. 저는 그분 아니면 누구하고든 절대 혼인 안 할 거예요."

사랑에 흠뻑 빠진 듯한 딸의 표정을 보고, 영균지도 체념할 수밖에 없었다. 그때부터 일사천리로 진행된 혼례였다.

영균지가 내밀고 있는 술병 앞으로 신염이 잔을 갖다 대었다. 무덤덤한 표정으로 무언가 우물거리는 게 축하한다는 소리 같았다. 영균지는 그 잔에 술을 가득 부어 주며, 신염에게 남았던 미련 한 조각도 훌훌 털어 버렸다.

'사실 가문만 빼면 나무랄 데 없는 사위 아닌가. 인물도 인품도 능력도 뭐 하나 부족함 없고. 뒷배야 내가 되어 주면 그만이지.'

술잔을 기울여 입에 털어 넣는 신염을 보며, 영균지의 마음도 가뿐해졌다. 물론 신염의 가슴에 강렬한 불화살이 당겨진 것까지는 알 턱이 없었다.

서
약

간소하게 차린 다과상도, 알록달록 색이 고운 나비 등도 정갈했다. 나비 아래 꽃받침에 꽂힌 촛불 빛에, 마주 앉은 신랑 신부의 그림자가 아른거렸다.

선은 혼례복에 화장한 혜빙의 모습을 찬찬히 눈에 담았다. 자신은 죽었다 깨나도 입을 일 없을 화사한 차림새였다. 연지 곤지 찍은 얼굴, 오목조목한 이목구비, 칠보 화관 아래 진갈색 눈동자가 오늘 따라 반짝이는 거울 같았다. 여자와 혼인까지 하게 된 건 저 눈빛에 매혹되어서인지도 모르겠다. 이 여인과 내 앞에는 이제 어떤 세상이 기다리고 있을까.

"아픕니다."

느닷없는 혜빙의 말에 어딘가를 헤매던 선의 정신이 돌아왔다.

"어, 어디가…… 마, 많이…… 아파요?"

선은 당황하면 멍청한 소리를 하는 자신의 입을 쥐어박고 싶었다. 애써 만들어 낸 사내가 순식간에 사라지고 열여섯 아가씨로 되돌아간 모습에 혜빙이 피식 웃었다. 혜빙은 손을 덮은 나삼을 홀홀 젖히고 머리 위 화관을 가리켰다.

"눈치 없는 신랑 덕에 목도 뻣뻣하고 머리는 쥐어뜯기는 거 같다고."

"아……."

선이 허둥지둥 혜빙 머리의 화관과 가체를 벗겨 주었다. 혜빙이 흐트러진 머리칼을 가지런히 모으며 장난스레 눈을 빛냈다.

"뭐, 뭐 하는……."

대뜸 덮쳐 오는 혜빙 때문에 선은 화들짝 놀랐다. 뒤로 물러나려 했지만, 어느새 혜빙에게 잡혀 옷고름이 풀리고 있었다.

"옷고름이 풀어졌다. 연한 비단 옷자락이 아래로 떨어져 내렸다……."

혜빙의 목소리가 귀에 착착 감겨 왔다. 당황한 선의 동공이 커질 대로 커졌다. 선의 단령이 벗겨져 방바닥으로 떨어졌다.

"여인은 사내의 손을 부드럽게 잡아당겼다. 어느새 뜨거워진 손바닥을 가만히 자신의 가슴에 댔다. 쿵쿵, 거칠게 뛰는 심장 소리가 들렸다……."

선은 자신의 손을 잡아 가슴으로 가져가는 혜빙을 멀거니 보았다.

"여인의 귓가에 사내의 뜨거운 숨이 닿았다. 숨결이 살결을 스치자 온몸의 솜털이 곤두섰다. 곧이어 따스한 향기가 몸속을 가득 채웠다."

혜빙이 입을 다물며 배시시 웃었다. 선이 사내였다면 마음 설렐 만큼 해사한 미소였다. 난데없이 선의 가슴에서 쿵쿵, 소리가 났다. 선의 볼과 귀까지 빨개진 걸 보며 혜빙이 까르르 웃었다.

"명색이 첫날밤이잖아? 자고로 첫날밤은 좀 야시시한 분위기여 야 한다니 흉내 좀 내봤어."

"……흉내?"

혜빙 말을 되뇌는 선의 표정이 웃는 건지 어색한 건지 애매했다. 도령을 홀리는 여우 이야기가 왜 갑자기 생각났을까?

"소설에 나오는 그런 거?"

"아, 그런 소설."

선은 혜빙이 여인들에게 인기 높은 염정소설 작가이자 낭독자라 는 걸 떠올렸다. 나라에서 금하는 일을 하는 것에 두려움이 없지 않을 텐데 항상 밝고 씩씩한 혜빙이 경탄스러웠다.

"내가 혜빙 아가씨처럼 대단한 여인과 혼인을 하다니. 지금도 믿 어지질 않아."

"나야말로 이토록 멋진 낭군이라니! 선 아니었으면 아버지가 또 어떤 신랑감을 들이밀며 혼사를 강요했을지……."

생각만으로도 끔찍하다며 혜빙이 고개를 절레절레 저었다. 낭군 이라는 말이 선의 가슴에 잔잔한 파동을 일으켰다.

"왜 그리 혼인을 마다한 거야? 설마 사내가 싫은 건 아니지?"

"그럴 리가. 사내가 아니라 남편이 싫은 거지. 부부유별이니 삼종 지도니 하면서, 시부모 받들고 집안일 도맡는 일꾼쯤으로 취급하는 고리타분한 남편 말이야. 나한테 청혼한 선비들도 하나같더라고. 여인에게 배움은 독이 된다는 소리나 지껄이는 작자들."

"그러게. 혜빙은 서책을 누구보다 많이 보고 직접 쓰기도 하는 재주꾼인데."

"그건 우리 할머니 덕."

할머니가 생각난 혜빙의 눈에 그리움이 스쳤다. 책 읽어 드리기는 이야기 좋아하는 할머니한테 좋은 구실이 돼 주었다. 오라비들이 스승에게 가르침 받는 글방 구석에 잠시나마 함께할 수 있던 것도 할머니 덕분이었다. 오라비들 뒷전에 그림자처럼 얌전히 있어야 한다는 아버지가 내건 조건에도 그땐 마냥 좋았다.

하늘 아래 같은 사람인데 왜 여자와 남자 일은 달라야 하나요? 여자는 남자보다 정말 식견이 부족하다 생각하세요? 하늘이 재주를 남자한테만 내렸을까요? 왜 선택의 모든 잣대가 공자 맹자여야만 하는데요?…….

수없이 쏟아지는 혜빙의 질문은 스승을 분노하게 했고, 마침내 글방에서 쫓겨나고 말았다. 스승에게서 '불온하다'고 비난받은 혜빙은 미련 없이 글방에 발을 끊었다. 진귀한 책들로 가득한 아버지 서재로 관심이 옮겨갔지만, 청혼한 선비를 골탕 먹인 뒤로 그마저 출입 금지당했다. 매번 청혼자들에게 파혼당하는데도 혜빙을 시집보내려는 영균지의 눈물겨운 노력은 끈질겼다.

"내가 혼사를 한 번만 더 망쳤다면 아버지가 어떻게 나오셨을지 몰라. 신염이라는 선비와 파혼했을 땐 목숨만큼 소중한 책들을 죄

빼앗겼어. 대신 『내훈』이니 『내외법』이니 하는 책들을 열 번씩 필사하라는 끔찍한 벌도 받았지. 그때 뼈저리게 생각했어. 그 대비마마 살아 계셨다면 어떻게든 내가 정인을 구해드렸을 거라고. 긴긴 밤이 얼마나 외로우셨으면 『내훈』 같은 걸 쓰셨겠냐고!"

선이 큭, 웃음을 터뜨렸다. 필사라면 선도 오라비를 돕느라 만만치 않게 해 보았다. 오라비가 이 혼인을 알았다면 뭐라 했을까? 오라비 생각만으로 선의 코끝이 시큰했다.

"별채에 갇혀 지긋지긋한 필사에 시달릴 때만 해도 이런 날이 올 거라고는 상상도 못 했어. 그러니까 방선 아니 방관주, 내 낭군님! 그대는 내 은인이에요."

혜빙이 선을 그대로 끌어안았다. 혜빙의 입술이 선의 뺨으로 다가왔다. 쪽, 소리가 났다.

선의 얼굴이 홍당무처럼 붉어졌다. 무어라 말도 못 하고 선은 입만 벙긋거렸다. 단단히 여민 마음을 무장 해제시키는 혜빙의 술법은 이번에도 통했다.

"평범한 사내와 여인의 관계는 아니지만 서로 아끼고 보듬으며 잘 살아 봐요, 우리."

"그럼 그럼. 평생 벗으로 아낌없이 소중하게!"

누가 먼저랄 것 없이 서로 손을 맞잡았다. 온기가 서로에게 따스하게 스몄다.

벗! 단 한 번도 가져 보지 못했던 존재. 그 이름이 숨이 벅찰 정도로 선의 가슴을 울렸다. 이제까지 자신을 둘러싸고 있던 외롭고 차가운 세상이 무너져 내리고, 봄바람이 불어오는 거 같았다.

긴긴밤 내내 선과 혜빙은 얼굴을 맞대고 앉았다가 나란히 누웠다 엎드렸다 하며 이야기를 이어 갔다. 하늘의 달이 지고 새벽하늘이 밝아 올 무렵, 두 사람은 한마음으로 서약서를 써내려 갔다. 두 장을 똑같이 작성해 둘이 한 장씩 나눠 가졌다. 앞으로 함께 살아가며 지켜야 할 것을 합의한 혼인서약서였다.

혼인서약서

一. 스과 ㅎ은 소중한 벗으로, 겉으로는 금슬 좋은 부부이자 평범한 남편과 아내로 보이도록 노력한다.

二. ㅎ은 스의 사내 노릇과 가장 역할을, 스은 ㅎ의 자유로운 삶을 최대한 서로 지원하고 돕는다.

三. 스과 ㅎ은 남편과 아내라는 구실만 다를 뿐, 서로 동등한 사람임을 잊지 않는다.

四. 재산은 부부 공동명의로 하고, ㅎ과 스은 동등한 권리와 책임을 진다.

五. 스과 ㅎ은 서로의 내밀한 사생활에 간섭하지 않는다. 상대에게 정인이 생기면 지지하고 존중해 준다.

六. 아이를 원할 때는 양자를 들인다.

七. 한쪽이 이혼을 바랄 때는 서로 의논하여 합의한다.

악
몽

"예문관 한림 방관주는 그간 탁월한 업무 수행뿐 아니라, 깊은 학문과 문장으로 예문관의 품격을 높였다. 벼슬을 올려 홍문관 부제학 겸 예조정랑에 명한다!"

선의 얼굴이 새하얘졌다. 옆줄에 서 있던 신염의 얼굴에서도 핏기가 가셨다.

'제기랄! 직속 상관이잖아.'

선보다 여섯 살 많은 신염도 홍문관 직제학이 된 지 수개월밖에 지나지 않았다. 정승들이 겸직하는 영사나 대제학, 제학보다 주요 업무를 처리하는 부제학이야말로 홍문관의 실세라고 할 수 있었다. 스물도 안 된 풋내기한테 그런 중책이라니. 전례 없는 파격 승진이었다. 좌우로 죽 늘어선 관료들 사이로 웅성거림이 번졌다. 염은 아버지를 힐끗 보았다. 못마땅함을 넘어 분노인 듯 얼굴 근육이 파들거리고 있었다.

"아니 되옵니다! 명을 거두어 주소서!"

저도 모르게 바닥에 엎드리며 선이 소리쳤다. 한순간에 정전 안이 조용해졌다. 영균지의 의문 가득한 눈이 엎드린 사위의 등에 가 꽂혔다. 안 된다고 소리친 게 본인 맞아? 하는 얼굴로 대왕도 선을 내려다보았다.

선은 얼결에 큰 소리를 내놓고 숨도 크게 쉴 수 없었다. 혹시라도 여자 목소리가 튀어나오지는 않았나 심장이 덜컥거렸다. 제 뒤통수에 쏟아지는 따가운 눈빛들을 받아 내느라, 간도 쪼그라들 대로 쪼그라들었다.

선의 다음 말을 기다리다 결국 대왕이 먼저 입을 열었다.

"그 정도면 높은 벼슬이다. 그대가 아무리 뛰어난 인재라도 더 높여 줄 수는 없도다."

"그, 그런 것이 아니오라……."

다급한 나머지 말을 더듬다 선은 대왕을 똑바로 쳐다보고 말았다. 기겁해 눈을 내리까는데 왕의 입꼬리가 슬쩍 올라간 게 보였다. 우스개였다는 걸 알자 막혔던 숨이 조금 트였다.

"예문관에서 일한 지 고작 한 해 남짓 되었습니다. 나이도 어린 제가 그런 중책을……."

하다 말고 선이 입을 다물었다. 옥좌에 앉은 대왕이 손으로 턱을 받치고 자신을 빤히 보고 있었다.

"……어찌, 어찌 그리 보시옵니까?"

"그대는 참으로 나를 설레게 하는 인재로다. 그 빼어난 외모에 욕심 없는 성품까지."

선은 다시 숨이 턱 막혔다. 이 젊은 왕은 장원급제한 날 첫 대면부터, 선의 심장이 철렁하는 말을 툭툭 던져 댔다.

"호오! 용이 날고 범이 서린 듯한 글의 주인이 이 청년이라고? 한 번 보면 잊히지 않을 얼굴이로다. 어여쁜 신하를 얻어 참으로 기쁘구나."

"기품 있는 여인 같은 글씨체로군. 삼신의 총애를 한 몸에 받았나? 모습처럼 필체까지 아름답다니."

이번에도 조막만 해진 선의 가슴은 아랑곳없이 왕이 히죽 웃었다. 왕은 입만 나불대며 녹봉만 축내는 능구렁이 관료들 속에서 올곧기만 한 젊은 신하가 볼수록 탐났다. 어좌를 든든하게 받칠 수 있는 자리까지 어서 끌어올리고 싶었다. 그렇게 하나하나 믿을 만한 인재들로 주변을 채우고 싶은 욕심에 마음이 급했다.

그때 왕의 눈에 떨고 있는 선의 어깨가 들어왔다. 부담감에 떠는 신하를 토닥여 주고 싶어 손이 움찔거렸다. 그 손을 꽉 그러쥐느라 왕의 입에서 다소 딱딱한 목소리가 나왔다.

"경서를 관리하고 문한(문장 관련 업무)을 다스리는 홍문관에서 부제학은 일도 많고 중요한 자리. 누구보다 학문에 능통하고 시문에 달통한 그대야말로 적임이지. 다만 예조정랑 자리가 비어 있으니 마땅한 인재가 나올 때까지만 겸직해 줄 수 있겠는가?"

정중한 부탁 같지만 말투는 윽박으로 들렸다. 선은 피가 나도록 입술을 깨물었다. 되도록 눈에 안 띄려고 했건만. 남장 여자로 조정에서 살아남기, 그 첫 번째가 스스로를 숨겨 누구도 자신을 신경 쓰지 않게 하는 것이었다. 예문관 한림으로 적당히 지내며 아버지 일 알아보기. 그다음 중요 보직으로 올라가기 전에 지방관을 청해 조정에서 멀어지자는 계획이었다. 그게 벌써부터 어그러졌다. 하늘이 사내 행세하는 자신에게 노여움이라도 품은 것인가. 아니면 혼인 뒤로 긴장이 풀린 벌인가. 선은 숨죽여 한탄했다.

그동안 혜빙과 함께하는 하루하루의 달콤함에 취해 있었다. 나란히 앉아 서책을 읽고, 후원에서 술을 나눠 마시고, 시를 주고받고, 함께 노래 흥얼거리고, 부엌 아궁에서 사이좋게 고구마도 구워 먹으며 시시콜콜 나누는 이야기들. 조정 사람들, 나라 안팎의 정세, 보고 있는 책이며 오수다에 대한 것까지. 선은 오라비의 죽음과 함께 잃었던 일상을 서서히 되찾아 가고 있었다.

그렇다고 긴장을 늦춰선 안 되었다. 벼슬이 높아질수록 운신의 폭도 좁아진다. 자책의 칼날이 선의 가슴을 후벼팠다. 게다가 아버지의 흔적을 찾는 일도 생각보다 녹록지 않았다.

선은 마음속 시끄러운 소리 탓에 제게 칼날같이 꽂힌 눈초리들을 신경 쓸 겨를도 없었다. 엎드렸던 몸을 일으키는데 찌릿한 통증이 허리를 훑고 갔다. 선은 이를 악물었다. 조회를 마치고 정전을 우르르 빠져나가는 신하들 끄트머리로 겨우 따라붙었다. 찬 바닥에 엎드렸던 탓인지 허리가 뒤틀리듯 통증이 다시 올라왔다. 가까스로 근무처를 향해 발을 떼 놓다 말고 선은 흠칫 서고 말았다. 아랫도리 쪽에서 무언가 뭉텅 쏟아지는 느낌이 들었다.

선은 눈동자를 도로록 굴리며 황급히 주위를 둘러보았다. 선의 발이 멈추자, 두어 걸음 앞서 걷던 신염이 뒤를 돌아보았다. 홍문관으로 안 갈 거요? 하고 묻듯이.

"아…… 먼저 가십시오. 저는…… 잠시 후 뒤따르겠습니다."

선은 엉거주춤 선 채 우물거렸다. 자칫 바짓자락에 선혈이 배기라도 할까 봐 한 발짝도 움직일 수 없었다. 신염이 의문 담은 눈길을 거두고 멀어진 뒤에야, 선은 겨우 발을 옮겨 놓았다. 지금 제게 필요한 물건이 있는 곳으로.

승진을 축하한다며 와자하니 몰려왔던 혜빙 아버지와 오라비들이 돌아갔다. 선은 찌푸린 얼굴로 몸을 한껏 웅크렸다. 혜빙이 선의 기색을 살피며 물었다.

"아버지 말씀 때문에 그래? 무시하면 그만이야."

떠들썩하니 둘러앉아 술잔이 몇 순배 돌아간 뒤, 영균지 입에서 후사에 대한 말이 나왔다. 이제 벼슬도 올랐으니 번듯한 아들만 있으면 더 바랄 게 없노라고. 혜빙에게 아이가 안 생기니 후처라도 들이는 게 어떻겠느냐는 권유를 선이 칼같이 잘랐다.

"아내가 아이 낳는 도구도 아니고 그런 상처를 줄 순 없습니다."

영균지는 딸을 아껴 주는 사위에게 감복한 눈치면서도 포기하지 않았다.

"맹자께서도 말하시길 자식 없는 게 가장 큰 불효라 했네."

"설령 둘째 부인한테서 아이를 낳아도 서자로 차별당하며 살 텐데 그 애한테도 못 할 짓입니다."

단호한 대답에 영균지도 마침내 물러났다. 하지만 선의 표정은 처가 식구들이 돌아간 지금도 풀어질 줄 몰랐다.

"아이 문제는 우리가 어쩔 수 있는 것도 아니고. 신경쓰지 말자고."

선을 달래던 혜빙이 갑자기 짝, 손뼉을 쳤다.

"아, 방법이 없진 않네! 선, 너 연모하는 사내 없어? 네가 그 사람 아이를 가지면 되잖아?"

선은 어처구니없어 웃음도 나오지 않았다. 그걸 농이라고! 하는 심정이 삐딱한 말투에 묻어났다.

"날마다 관청에 나가 일해야 하는 벼슬아치한테 할 소리냐? 회임해야 한다면 부인인 너지!"

"음, 내가 말이야 예쁜 건 좋아하지만 아픈 건 싫어하거든. 아기 갖는 건 좋아도 낳는 건 엄청 아프다잖아. 아기는 같이 만들어 놓고 낳을 때는 왜 여자만 아파야 해?"

"하! 그럼 나는 아파도 되고?"

선의 말투가 뾰족해지자 혜빙이 피시시 웃으며 말했다.

"너 웃으라고 해 본 말이야. 네 미간이 아까부터 요렇게 잔뜩 좁아져 있어서."

혜빙의 말에도 선의 낯빛은 나아지지 않았다. 오늘 궁궐에서의 일이 생각나자 식은땀이 다시 솟구쳤다.

예문관에 두었던 자신의 물건들을 가지러 갔을 때는 벌써 홍문관으로 옮겨진 뒤였다. 하는 수 없이 홍문관으로 발을 돌려 짐 보따리를 받고 나서야 겨우 수습할 수 있었다. 혹시 몰라 꼭꼭 싸매 챙겨 두고 있는 개짐이 있었다. 하지만 그러기 전까지는 관복 속의 옷고름을 뜯어 급한 불을 꺼야 했다.

"아이는 서약서에 쓴 대로 해. 지금은 말고 나중에⋯⋯."

또 올라오는 통증에 선이 말끝을 흐렸다. 달 손님이 찾아왔다고 이렇게 아픈 건 처음이었다.

"그보다 지금⋯⋯ 내 몸이 좋질 않아⋯⋯."

"왜, 어디 아파?"

혜빙이 놀라 선의 눈을 들여다보고 이마를 짚어 보았다.

"이런, 열이! 술 때문이 아니구나. 어쩌지? 의원을 부를 수도 없고. 일단 찬물과 물수건이라도⋯⋯."

허둥거리며 일어나는 혜빙을 선이 붙잡았다.

"이거, 그거야. 달마다 찾아오는⋯⋯."

그제야 혜빙이 알아듣고는 안타까운 표정이 되었다. 자신은 별다른 월경통이 없다 보니 미처 신경 쓰지 못했다. 마음 놓고 앓지도 못하는 선의 처지가 딱하기만 했다. 혜빙은 잠깐 생각하다 선의 저고리를 풀고, 그 안에 꽁꽁 싸맨 가슴가리개를 풀기 시작했다.

"뭐, 뭐 하는 거야?"

혜빙은 거침없이 바지의 허리끈마저 풀더니 장롱 안에서 자신의 치마를 꺼냈다.

"여인의 몸이라 찾아오는 고통이니 여자 옷 입고 편히 겪자고. 갑갑하게 몸을 조이는 것만 풀어도 덜 아플 거야. 그동안 눈치 못 채 미안."

선은 잠시 망설이다 고개를 완강하게 저었다.

"나는 두 번 다시 여자 옷은 입지 않을 거라고 맹세했어."

"한 입으로 두 말 했다는 거, 이 언니가 비밀 지켜 줄게."

혜빙이 너스레를 부리자 선도 어이없어 웃고 말았다.

"겨우 석 달 먼저 태어났으면서 언니는 무슨."

"자 자, 고집부리지 말고 여기 누워 봐."

혜빙은 선을 보료 위에 눕히고, 다리에 이불을 덮어 주고는 아픈 허리를 손으로 살살 매만져 주었다.

"다음부터는 내 약인 양 미리 탕약을 지어 둘게."

부드러운 손길에 뻐근하고 무지근했던 허리 통증이 차츰 나아졌다. 종일 곤두섰던 선의 신경도 느슨해졌다. 눈꺼풀이 점점 내려앉더니 스르르 잠이 들었다. 엎드린 채로 곤하게 잠든 선의 얼굴을 혜빙이 애틋한 눈길로 보았다. 나처럼 아프고 나처럼 많이 외로웠던 사람. 아니 나보다 갑절 수 갑절 더 아프고 외로웠을 나의 벗.

창호지 문으로 스민 달빛이 선의 이마에, 오똑한 콧날에, 핏기 없는 입술에 차례로 내려앉았다. 달빛이 눈으로 옮겨가자 긴 속눈썹이 파르르 떨렸다. 혜빙은 손가락을 들어 선의 속눈썹에 닿을 듯 말 듯 쓸어 보았다. 손가락 끝이 간질간질했다. 이번엔 발그레 달아오른 선의 뺨을 살며시 만져 보았다. 그 뺨에 가만히 입을 가져다

댔다. 가냘픈 선의 숨결이 혜빙의 뺨에 닿았다. 쌔액 쌕, 선의 숨소리가 들렸다. 고된 여행 끝에 둥지를 틀고 잠든 새의 숨소리 같았다.

"강상의 법도를 어지럽히고 음양의 도리를 욕보인 방관주를 참형에 처한다!"

둥! 둥둥! 북소리가 심장을 조여 왔다. 손발이 묶인 채 꿇어앉혀진 선의 옆에서 망나니가 번쩍번쩍 칼춤을 추었다.

"집행하라!"

둥! 소리와 함께 칼날이 번뜩이며 휙, 내려왔다.

"헉!"

선은 소스라쳐 눈을 떴다. 두 손을 올려 제 목을 감쌌다. 목이 붙어 있다. 팔도 다리도 아직 달려 있다. 그제야 익숙한 방 안 풍경이 눈에 들어왔다. 목이 날아가거나, 팔다리가 잘려 나가거나, 몸통이 절단 나는 건 꿈속에서였다. 늘 그랬듯 눈을 뜨면 아직은 몸이 멀쩡했다.

"무슨 일이야? 또 악몽 꾼 거야?"

"아……."

이제는 악몽에서 깨도 혼자가 아니었다. 고달픈 꿈길 끝자락에 혜빙이 있었다. 땀에 젖은 머리칼을 쓸어 주는 아내, 자신을 걱정해 주는 벗이 곁에 있었다.

선의 눈가가 붉어졌다. 혜빙이 선을 안아 가만가만 등을 쓸어 주었다. 꽃잎처럼 선을 감싸 안는 위로. 삼키고 버텨야만 했던 단단한 경계를 흘어 버리는 다정함이었다.

"언젠가…… 나 때문에 너까지 다칠까 봐 겁이 나."

혜빙에게 안긴 채 선이 힘겹게 입을 뗐다. 목에서 쇳소리가 났다.

"쉬이, 그런 일 없을 거야. 걱정하지 마."

"나랑 혼인한 거 앞으로도 후회하지 않겠어? 꽃방석에 앉아 호의호식할 수도 있던 삶이 나로 인해 나락으로 떨어질 수도 있는데?"

"선, 나는 지금 행복해. 하루하루가 좋아서. 오지도 않은 일을 미리 걱정하며 낭비하기엔 시간이 아까워."

꿋꿋한 혜빙 목소리는 아슬아슬하던 선의 마음을 단번에 누그러뜨렸다. 선은 눈을 꾹 감으며 중얼거렸다.

"내 외롭던 삶의 길에 너라는 동행이 생겨 얼마나 든든한지…… 넌 모를 거야."

의
심

검은 먹물이 하얀 종이를 차곡차곡 글자로 채워 가고 있었다. 누가 봐도 유려하고 단아하다 할 만한 필체였다.

"어느 분 말씀처럼 아름답기가 꽃다운 여인도 부럽지 않구려."

순간 선의 손에서 붓이 떨어져 내렸다. 선은 당황한 표정을 재빨리 수습하며 붓을 줍고 바닥에 번진 먹물을 닦았다. 그 모습을 지켜보던 신염의 고개가 갸웃 기울어졌다. 대왕도 인정한 필체를 보고 불쑥 나온 말인데 그 반응이 예사롭지 않았다. 신염은 자신이 한 말을 천천히 곱씹었다.

'아름답기가 꽃다운 여인도…… 여인?'

염은 피식 웃고 말았다. 말이 되지 않는 소리였다. 하지만……. 염은 보고서에 다시 몰두하는 선의 모습을 탐색하듯 훑어보았다. 눈은 크고 길며 내리뜬 속눈썹은 새까맣고 탐스러웠다. 복숭아 같은 피부에 가는 솜털이 보송보송했다. 갓 소년을 벗어난 데다, 어려서부터 병약했다더니 그 탓이겠지. 그런데 처음 봤을 때부터 묘하게 낯이 익었다. 아무리 머릿속을 뒤져 봐도 기억에 없는 얼굴이라는 게 거슬릴 만큼.

'분명 어디선가 본 얼굴인데……'

기억을 다시 더듬느라 염의 눈이 가늘어졌다.

"직제학께서 그리 부제학님을 바라보다 남색(남자 동성애자) 소리라도 들을까 두렵소이다."

옆의 관리가 놀리는 말에 염은 재빨리 눈길을 거두어들였다. 그러느라 붓을 든 선의 팔이 경기하듯 파르르 떨린 걸 보지 못했다.

선은 조정에 들어와 신염과 처음 마주쳤을 때 천둥 번개가 눈앞에 몰아쳤다. 언젠가 세책점 앞에서 부딪혔던 선비가 틀림없었다. 혹 자신을 알아볼까, 그 뒤로 뒷모습만 봐도 피해 다녔는데 하필 같은 근무지라니! 홍문관 부제학이 되던 날, 직제학이 신염이라는 사실에 피까지 얼어붙는 줄 알았다. 덕분에 초긴장으로 하루하루 보내고 있는데 자신을 계속 지켜봤다고? 등골이 서늘했다.

떨리는 손을 애써 갈무리하고 선은 보고서를 마저 써 나갔다. 그때 신염이 힐끗 다시 눈길을 보내며 말을 건넸다.

"아무래도 낯이 익어 말입니다. 혹시 관리가 되기 전에 나와 만난 적 있지 않소?"

선은 숨을 훅, 들이켰다. 움찔 굳어 버린 얼굴에 입꼬리를 억지로 들어 올렸다.

"그럴…… 리가요. 저는 신 직제학을 조정에서 처음 뵌 걸요."

살짝 떠는 듯하면서도 차분한 목소리였다. 염은 선의 목소리가 가늘고 낮다는 걸 새삼 깨달았다. 그리고 보니 얼굴도 갸름하고 목선도 가늘었다.

"부제학께서도 소년기는 벗어난 걸로 아는데, 아직 수염도 없고 턱선도 미끈하니 부인께서 장부답지 못하다 불평하지는 않소?"

떠보듯 말을 던지는 염의 눈앞에 혜빙이 떠올랐다. 입안이 쓴 것은 아마도 질투일 것이다. 내가 탐내던 꽃을 가로채 꺾은 이에 대한 시기랄까.

선은 마음을 가라앉히며 신염을 바라보았다. 혜빙에게 청혼했다 거절당한 사내. 질투인지 의심인지는 두고 봐야 알겠지만 꼬투리를 잡혀 줄 마음은 없었다.

"웬걸요. 아내가 오히려 좋아합니다. 요즘 젊은 여인들 사이에선 수염을 깨끗이 밀어 버린 사내가 인기 높다나요. 아, 직제학께서는 아직 미혼이라 모르시겠군요."

"그렇소? 이거 나도 한번 수염을 밀어 봐야 하나?"

신염이 웃음을 흘렸지만 그 눈은 웃고 있지 않았다. 자신을 꿰뚫 듯이 보는 눈동자를 선은 담담하게 마주보았다.

"하면 보고서도 마쳤으니 저는 이만 퇴청하겠습니다. 다른 분들도 할 일 마치셨으면 오늘 입번(당직)만 남고 퇴청하시지요."

선이 홍문관의 관리들에게 근무가 끝났음을 알렸다. 부하 직원이라도 대부분 자신보다 나이가 많아 선은 늘 공대하였다. 선이 책상 위를 가지런히 정리한 다음, 신염의 옆을 지나 밖으로 나갔다.

그 순간 은은한 향기가 염의 코끝을 스쳤다. 묵향인 듯 난향인 듯, 언젠가 맡아 본 듯한 체향. 무슨 사내자식한테서 저런 향기가……. 멀어지는 뒷모습도 어디선가 본 듯한 느낌이었다. 그때 염의 눈앞에 어떤 장면이 지나갔다. 사람들로 혼잡한 시전 거리, 끄트머리의 세책점, 자신과 부딪혔던…… 여인!

염은 저도 모르게 뛰쳐나갔다. 저 멀리 걸어가는 선이 눈에 들어오자 거리를 두고 뒤쫓기 시작했다. 육조의 관청이 길 양쪽에 자리한 육조거리로 금세 관복 차림의 관원들이 쏟아져 나왔다. 가마나 교자에 오르는 당상관들, 지친 기색으로 흩어져 가는 하급 관원들이 거리를 메웠다. 염은 그 무리에 섞여 방관주를 놓칠세라 눈 한번 떼지 않고 따라갔다.

장원급제한 방관주에게 대왕이 내렸다는 집은, 그 총애를 증명하듯 담장 너머로 보이는 기와지붕만도 여럿이었다. 담과 이어진 솟을대문의 처마도 위풍당당했다. 대문 앞에 방관주가 다다르기 무섭게 문이 활짝 열리고 하인들이 뛰어나왔다. 맞이하는 하인들에게 둘러싸여 방관주가 들어가고 대문이 닫혔다.

모퉁이 뒤에 붙어 서 있던 염이 대문 앞으로 다가갔다. 그때 안쪽에서 나는 여인 목소리가 염의 귓속을 파고들었다. 염은 한걸음에 대문 틈새로 얼굴을 바싹 붙였다. 심장이 빠르게 뛰었다. 문틈으로 혜빙이 보였다.

"이제 오세요? 오늘 하루는 어땠습니까?"

혜빙이 방관주를 보며 다정하게 웃었다. 지난해 봄날, 염에게는 한 번도 보여 주지 않았던 눈빛과 미소.

"아아, 고되기도 보람되기도 하였소. 오늘 홍문관에서……."

저물녘 어스름 속에 방관주가 혜빙의 허리를 팔로 감싸 안는 게 보였다. 혜빙이 살포시 제 몸을 방관주에게 기대는 것도 보였다. 그림자까지 하나로 합친 채 둘은 정겹게 안으로 사라졌다.

터덜터덜 대문에서 물러나며 염은 헛웃음을 지었다. 입안이 씁쓸하고 헛헛했다. 손에 쥘 뻔한 걸 놓치고 난 뒤에야 그 가치를 깨달은 아이처럼.

'내가 무슨 상상을 한 거야? 장원급제에 높은 벼슬까지 하고 있는 사람을 두고. 질투가 앞서 눈도 흐려진 것인가?'

염이 본 것은 금슬 좋은 부부의 모습이었다. 자신에게 철저히 선을 긋던 영혜빙이 저리 대하는 걸 보면 예사 사내가 아닌지도 모른다. 한데 왜 미심쩍은 마음은 가시지 않는 걸까? 왜 방관주가 세책점 앞에서의 여인과 겹쳐 보인 걸까?

답을 찾지 못한 채 염은 한참 그 자리를 서성거렸다.

"나으리, 다녀왔습니다."

밖에서 목소리가 나기 무섭게 염이 방문을 열었다. 염의 고갯짓에 수하가 들어와 문을 도로 닫았다.

"알아보았는가?"

"부제학의 고향집 이웃 말로는 사내였다 합니다."

염은 발 빠르고, 입 무거운 수하 하나를 방관주가 전에 살았다던 시골로 보냈다. 그럴 리 없다 여기면서도 지워지지 않는 찜찜함이 시킨 일이었다.

"한데 부제학에게 여동생이 하나 있었다 합니다."

여동생? 언뜻 염의 한쪽 눈썹이 올라갔다. 은밀히 한성부에 알아봤을 때, 방관주는 십오 년 전 조정에서 내쳐진 방효유 전 병조판서의 아들이라고 했다. 여동생에 대한 이야기는 없었다.

이마가 구겨지는 염의 눈치를 살피며 수하가 조심스레 말을 이었다.

"어려서 부모를 잃고 둘이 살다가 과거를 보려고 도성으로 온 듯합니다."

"그 여동생이 지금도 같이 살고 있나?"

"그게……. 도성에 돌아와 탐문해 보니 부제학이 과거에 급제하기 얼마 전에 죽었답니다."

염의 얼굴 근육이 빠르게 수축했다. 안 그래도 깊고 날카로운 눈매가 맹수처럼 번득였다.

"급제하기 얼마 전?"

"예. 애초에 병약했는데 그 무렵 크게 앓다가……."

"병약했다……."

천천히 되뇌는 염의 머리가 빠르게 돌아갔다. 오누이니까 닮기도 했을 것이다. 자신과 마주친 게 여동생일지도 모른다.

하지만 규수와 부딪힌 건 과거가 실시되기 한 달 반쯤 전이었다. 아파 보이기는커녕 자신을 넘어뜨리고도 아랑곳 않던, 기운차고 당돌한 아가씨였다. 그런 사람이 병약했고 그사이 앓다 죽었다? 어딘가 석연치 않았다. 그러고 보니 방관주도 병약했다고……. 염의 신경을 건드리던 미세한 균열이 서서히 몸피를 키워 갔다.

"한데 나으리, 저 말고도 부제학의 뒤를 캐는 자가 있습니다."

그 말에 염의 고개가 휙 돌아갔다.

"누구냐? 누구 지시라더냐?"

"아직 거기까지는……. 흔적만 남은지라……."

"밝혀내라. 반드시 알아내되 네 꼬리가 밟혀서는 안 될 것이다."

염은 신중하되 신속히 하라는 당부와 함께 수하를 물렸다.

질투

중문 안뜰에서부터 소란스런 움직임이 번졌다. 아직 앳된 얼굴의 나인 몇이 종종걸음 치며 나무와 덤불 뒤로 어울려 숨었다. 너도나도 들뜬 기색으로 속살거렸다.

"저기 지나가신다! 저기, 저기."

"어쩜! 말 그대로 옥골선풍 선관이시네."

은밀한 수군거림은 정전으로 가고 있던 신염의 귀에도 들렸다. 저 앞에 방관주가 궁녀 여럿의 눈이 따라붙은 것도 모르고 부지런히 걸어가고 있었다.

"칫! 외모든 영혜빙이든 전하의 총애든, 뭐 하나는 포기했다면 좋았으련만."

투덜대듯 흘러나온 말에 염 스스로 경악하며 주변을 살폈다. 이 유치한 말이 제 입에서 나왔다는 걸 믿기 어려웠다.

"저기 홍문관 직제학님도 멋지지 않아? 저 얼음 같은 눈빛 하며……."

"저리 차가워 보이는 분이 제 사람한테는 한없이 다정한 경우가 많대."

염은 제 뒤에도 눈길과 속닥거림이 따라붙은 건 꿈에도 모르고 걸음을 재촉했다.

조회를 위해 신하들이 정전 안으로 속속 모여들었다.

"홍문관 부제학 방관주, 대왕께 인사드리옵니다."

"오랜만이오. 그 얼굴 하마터면 잊어버릴 뻔하였다. 궐내 각사에 있으면서도 이리 불러야만 오고 말이야. 홍문관의 보고도 매번 직제학이 왔었지?"

짐짓 꾸짖는 듯한 왕의 말투에 선이 당황한 기색으로 쩔쩔맸다.

"그것이 직제학만 부려 먹는 건 절대 아니옵고…… 음, 홍문관에 쌓인 일이 산더미 같은지라……."

주인에게 혼나는 강아지처럼 안절부절못하는 게 귀여워 왕의 입꼬리가 올라갔다.

"되었다. 나무라는 게 아닌데 그대가 오해하였구나."

그제야 마음을 놓은 선이 살며시 웃었다. 그 얼굴을 멀거니 보다 대왕이 헛기침을 했다. 신염과 다른 관리들의 눈이 샐쭉해졌다. 수군수군 투덜거림이 번졌다.

"부제학은 홍문관에서 저 혼자만 일하는 양."

"영사도 계시고 대제학, 제학도 있는데 부제학 따위가 감히."

왕의 얼굴에 미미하게 남았던 웃음기가 단숨에 걷혔다. 눈빛도 서늘하게 바뀌자 수군거림은 이내 가라앉았다. 조회가 시작되고 긴급한 사안부터 하나하나 처리되었다. 북방에서 다시 올라온 장계가 거론되자 왕이 미간을 좁혔다.

"또 올라왔다고?"

북쪽 변경에 흉악한 도적이 들끓어 백성들 삶이 고달프니, 부디 관리와 군사들을 보내 토벌해 달라는 장계가 벌써 세 번째였다.

"체탐인(비밀첩보원)을 통해 알아본 바 국경을 제집처럼 넘나드는 도적 떼라 합니다. 이번에야말로 안찰어사를 보내 북방의 안정을 도모함이 마땅한 줄 아옵니다."

"민심이 흉흉하고 어버이를 해치는 자식까지 판을 친다 합니다. 이대로 두면 주변으로 들불처럼 번질 것이옵니다. 속히 안찰어사로 하여금 신음하는 백성들을 구하게 하소서."

삼정승이 한목소리로 외치고 다른 관리들도 조아리며 간청했다. 한낱 변경인 북방보다 도성의 안정이 우선이라며 두 번의 장계도 묵살했던 대신들이었다. 그때도 지금도, 조정의 권력이 어느 손에 있는지를 보여 주는 작태에 대왕은 욕지기를 삼켰다.

"허면 안찰어사로 누가 적당하겠는가?"

왕의 물음에 기다렸다는 듯 나선 사람은 신간이었다. 신염의 부친이자 지난번 벼슬 이동 때 판서로 승진한 형조의 수장.

"홍문관 부제학이라면 청렴하고 믿음직하니 적임이 아닐까 합니다."

"……홍문관 부제학이라."

노골적이었다. 왕이 총애하는 신하를 내치려는 수작이자, 젊고 유능한 인재들을 키워 기울어진 권력의 균형을 맞추려는 왕에게 보내는 경고. 나선 건 형조판서지만 그 뒤에 정승들이 있음을 왕은 모르지 않았다. 그렇다고 조정을 쥐락펴락하는 능구렁이 신하들을 누르기에 젊은 왕은 아직 힘이 없었다. 난처한 기색으로 대왕이 느릿하게 말을 이어 갔다.

"음…… 형조판서가 사람은 볼 줄 아는구려. 허나 부제학이 없으면 홍문관에 차질이 클 터인데."

신염의 시선이 아버지에게로 옮겨갔다. 왕의 총애가 남다르다 해도 방관주를 유독 아버지는 견제했다. 이번엔 그 의도가 지나치게 엿보였다. 부하의 보고로는 방관주를 뒷조사하는 또 다른 배후도 아버지라고 했다.

설마 나 때문에? 아들이 신경 쓰니 방관주를 직접 치워 주시려고? 뭐가 됐든 떠먹여 주시는 걸 굳이 마다할 까닭은 없지. 그래서 염은 한마디 거들기로 했다.

"그간 제가 홍문관의 보고를 대신 맡아 온 것은 부제학께서 직제학을 신뢰한다는 방증 아니겠습니까? 온몸을 바쳐 부제학의 빈자리를 채울 것이니……."

'부자지간에 놀고 있네.'

속으로 비아냥거리며 대왕이 신염의 말을 잘랐다.

"부제학의 뜻은 어떠한가? 족히 일 년은 걸릴 텐데 업무도 그렇고 신혼에 부인과 그리 오래 떨어져 있어야 되겠는가?"

어떤 핑계를 대서라도 못 가겠다 하라! 대왕이 이글이글한 눈빛으로 보내는 신호를 모른 척하며 선은 머리를 조아렸다.

"나랏일이 중하니 소신의 아내도 얼마든지 이해할 것입니다. 전하께서는 심려 놓으소서. 신이 가서 빠른 시일에 북방을 안정시키겠나이다."

어쩌면 이건 기회였다. 장계가 올라온 북방은 선이 어릴 적 살던 마을과 멀지 않았다. 가서 아버지의 흔적부터 다시 더듬어 봐야겠다는 생각에 가슴이 울렁거렸다.

신염은 자신의 말이 왕에게 무시당한 것보다 방관주의 태도가 더 걸렸다. 도적들이 판치는 변방으로 떠밀리듯 가게 됐는데 오히려 반기는 모습이라니. 찰나에 스쳐 간 기색이지만 염의 예리한 눈은 놓치지 않았다. 역시 거슬렸다. 무언가 감추고 있다는 직감에 마음이 다시금 날카롭게 벼려졌다.

그
리
움

바람이 살랑살랑 불고 살구꽃잎이 흩날렸다. 선이 말 위에 오르
자 말구종이 다가와 고삐를 잡았다. 그 뒤로 북방까지 호위하고 도
적들을 상대할 군사들이 줄을 지어 뒤따랐다.

선은 흔들리는 말 위에서 멀어지는 혜빙을 돌아보고 또 돌아보
았다. 가슴이 시렸다. 선은 말에 박차를 가하며 따뜻하게 자신을
안아 주던 체온을 되새겼다. 몸에 새긴 온기가 북방의 한기와 쓸쓸
함도 견디게 해 주려나.

"나도 같이 갈까?"

북방 안찰어사로 가게 된 걸 듣고 나왔던 혜빙의 말이었다. 그럴
래? 하고 목구멍까지 차오른 말을 밀어 넣으며, 선은 우스개를 섞
어 대꾸했다.

"마음에도 없는 말은 하지 마시지요, 부인. 요즘 오수다에서 얼음

92

꽃의 몸값이 천정부지로 치솟고 있다면서."

그 말에 혜빙이 봄풀처럼 싱그러운 웃음을 흘렸다. 진갈색 눈동자가 햇살 받은 얼음꽃처럼 반짝였다. 얼음꽃은 혜빙이 낭독자로 설 때 이름이었다. 선은 속마음을 꼭꼭 숨긴 채 다시 한 번 농을 건넸다.

"그렇다고 남녀상열지사에만 빠지면 아니 되오. 질투 나니까."

혼인한 뒤, 서월루 출입이며 많은 게 자유로워진 혜빙은 이제 오수다의 인기 낭독자였다. 낭독 자리에는 백아란 행수가 엄선한 전기수나 작가만 설 수 있었다. 엄격히 가려 참가자를 받는 비밀 낭독회이자 토론장인 오수다는 무명 작가들의 새 작품을 선보이는 자리기도 했다. 청중은 대개 역관이나 상인의 부인이거나 딸들, 기생이나 소실들이었다. 가풍이 그나마 자유로운 양반집 규수도 드물게 있었다. 하지만 혜빙이 명문가의 딸이자 높은 벼슬아치의 아내라는 건 누구나 상상조차 못 했다. 그녀가 낭독하는 책을 직접 쓴 작가라는 것도 행수만 아는 비밀이었다.

오수다에서 낭독된 서책은 세책점에서 불티나게 팔려 나갔다. 낭독만큼이나 판매도 대여도 은밀하게 이루어졌다. 금서라는 각인에도 잘 나가는 책들 가운데 혜빙의 염정소설도 있었다.

"가서 그곳 안정에 최선을 다하고 백성들 삶을 보살필 거야. 우리가 앞으로 살아가기에 어떨지도 보고."

웃음이 걸려 있던 혜빙의 눈빛이 진지해졌다.

"역시 그런 건가?"

"응. 그런 거야."

안찰어사 일을 잘해내 그곳 백성들 신임을 얻는다. 고을민들이 방관주를 수령으로 계속 머물게 해 달라고 조정에 청원하게 한다. 가고 싶어 하는 이가 없으니, 당연히 제게 내려질 그 자리를 맡아 자연스레 도성에서 멀어진다. 거기서 조용하고 평탄하게 살아간다는 게 앞으로의 계획이었다. 그 전에 조정에서 아버지 관련 일부터 마쳐야 하겠지만.

"내가 먼저 자리 잡은 다음 너도 내려와. 물론 네가 그러고 싶다면."

선은 혜빙과 늘 함께하고 싶지만 강요할 마음은 없었다. 혜빙은 자신처럼 무서운 비밀이 있는 것도 아니고 도성에서 하는 일도 있었다. 그게 아슬아슬 불안한 일이긴 해도 혜빙이 좋아하고 행복해하니 어쩌겠는가.

"네가 원한다면 나는 북방에, 너는 도성에 살면서 가끔 만나는 것도 괜찮아. 서로의 삶에 간섭하지 않기가 우리 혼인 조건……."

"거기까지."

혜빙이 손가락으로 선의 입을 막았다.

"그때 일은 그때 가서 결정해도 늦지 않아. 지금은 몸 성히 잘 지낼 생각만 해."

일 년은 짧지 않은 기간, 그사이 또 어떤 변수가 기다릴지 모른다. 설렘과 두려움으로 복잡한 선의 마음을 달래듯 혜빙이 선을 꼬옥 안았다. 살갗으로 체온이 전해지며 들쑤시던 선의 마음도 서서히 안정되었다. 포옹이 마음을 따듯하게 해 준다는 걸, 선은 혜빙 덕에 알게 되었다. 사랑하는 벗의 온기가 온몸에 담겼으니 되었다. 그렇게 선은 혜빙과 작별했다.

북방으로 향하는 행렬 속에 신염의 명을 받은 그림자가 은밀히 끼어든 것, 그에 앞서 신간의 첩자가 먼저 북방으로 달린 건 상상조차 하지 못했다.

봄바람에 소식 먼저 실어 보낸다. 이 서신이 낭군보다 앞서 닿아 낯선 곳에서 마주할 외롭고 쓸쓸한 당신 마음을 달래 주기를. 위로와 격려가 될 수 있기를.

훈훈한 봄날의 바람처럼 내게 온 당신. 한 사람이 다른 이의 바람이 되고, 세상이 될 수 있다는 걸 알게 해 준 내 남편. 당신이 떠나자마자 보고 싶네.

꽃을 핑계 삼아 안부를 물어. 꽃망울 터지기 시작한 목련이 그대 웃는 얼굴 같아 홀리듯 바라보았어. 지금쯤 우리 집 후원 목련나무는 가지마다 등불 같은 꽃들을 매달았겠지. 그걸 보며 미소 지을 그대 모습은 꽃잎 등보다 환하게 빛나겠지.

가랑가랑 가랑비가 먹을 갈게 했어. 대지를 적시는 빗소리, 나뭇가지를 흔드는 바람 소리, 멀리서 들리는 새소리, 한가롭게 젖어 드는 풀숲이 아름다운 시간이야. 하지만 서신에 담겨 올 낭군 소식만큼 나를 설레게 하지는 못해. 당신은 항상 나를 지지해 주고 나아가게 해 주지. 낭군 덕분에 나는 행복을 꿈꿀 수 있게 됐어.

밤하늘을 바라보다 문득 그리워 붓을 들었어. 낮의 해는 그리 뜨겁더니, 밤의 달은 이리 따뜻하고 부드럽다니. 서찰을 타고 날아든 그대 마음 같아. 따스하게 내어 주던 그대 품속 같아. 후원 정자에 마주 앉아 술과 시를 나누던 날도 이런 밤이었지. 편지 쓰는데 그대의 답신이 먼저 도착한 걸 보니. 그대 또한 이 밤에 붓을 잡고 있는 건 아닌지.

뒤뜰에 번지는 가을빛이 아름다워 소식을 전해. 낭군이 없는 뒤뜰을 쓸고 가는 바람이 꼭 내 마음 같네. 지난해 가을, 감일으로 주고받았던 우리의 시엽지(시를 쓴 엽서)를 꺼내 보았어. 담장을 휘감은 단풍 든 담쟁이처럼, 이 일 이 저 일 이끌고 담을 넘는 담쟁이처럼 서로 이끄는 손을 놓지 말자던. 시에 담은 약속이 고스란히 남아 있네.

동헌 지붕과 마당을 뒤덮은 눈이 눈부셔 편지를 써. 괜스레 눈시울 젖어 드는 저녁이야. 관아 일이 끝나 숨 돌릴 참이면 항상 떠오르는 그대를 가만히 입속으로 불러 본다. 혜빙! 이름만큼 멋진 내 아내. 내 둘도 없는 벗.

염은 제 손안에서 구겨질 뻔한 서찰을 재빨리 서탁 위에 내려놓았다. 심부름꾼의 말발굽이 닳을 정도로 북방과 도성을 오가는 내용은 한결같았다. 아니, 갈수록 서로를 향한 연정의 깊이가 더해

갔다.

접힌 서간 속에 딸려 나온 마른 꽃잎을 염은 오래도록 응시했다. 늦가을에 만난 봄은 혜빙과 서 있던 천변의 그날을 다시 떠올리게 했다. 영혜빙 부부가 서로에게 전하는 서찰이 자신의 손을 거쳐 가게 했던 걸 염은 후회했다. 방관주에 대한 미심쩍음을 풀어낼 단초는커녕 마음만 더 헤집어졌다.

서신을 처음 펼쳤을 때는 낯설기도 했다. 부부가 서로 말을 놓고 둘도 없는 벗인 양 주고받는 대화가 놀라웠다. 평범하지 않은 혜빙이라면 그럴 수도 있겠다 수긍하자 진실이 보였다. 마음 다해 사랑하고 서로 그리워하는 남편과 아내. 둘 사이엔 누군가 끼어들 틈이라곤 없다는 사실이 뼈아팠다. 그걸 인정하고 나자 다음 할 일이 보였다.

"여기서 멈춘다. 방관주를 지켜보는 일은 이제 그만두고 돌아오라 전하라."

불현듯 제 마음을 깨닫고 폭주하기 시작한 감정의 질주를 멈출 때가 되었다. 여인에게 한 번도 내어 준 적 없는 마음을 뒤흔든 그녀. 연모의 다른 이름이 중독이며 열망이라는 걸 알게 해 준 여인. 아마도 첫사랑이었을 혜빙에 대한 관심을 이제는 잘라 낼 때가 되었다. 그 여인 곁의 사내에 대한 제 불온한 시선을 거두는 것도.

염은 손으로 얼굴을 여러 번 쓸어내리고는 뜰로 내려섰다. 메마른 낙엽들이 발밑에서 조각나 바스라지는 소리가 들렸다.

누
명

"……도적 행세하며 국경을 넘어와 백성들을 유린하던 적당과 내통하고, 삶이 나락으로 떨어진 고을민들에게 뇌물까지 받았다 합니다. 나라의 녹을 먹는 관리로서 파렴치함이 도를 넘었고……."

사헌부 집의가 조목조목 늘어놓는 죄목마다 엄중하고 무거웠다. 죄상이 나열되기 무섭게 정전의 관료들이 한목소리로 외쳤다.

"방관주를 중죄로 다스림이 마땅하옵니다!"

"엄벌을 내리소서!"

평소 패 갈라 싸우다, 이런 때면 한마음이 되는 신하들을 무심히 스친 왕의 눈이 방관주에게 가 닿았다. 정전 바닥에 꿇어앉아 제게 꽂히는 말들의 독화살을 묵묵히 받아 내고 있었다. 위 아랫니를 세게 무는 왕의 턱 근육이 팽팽히 당겨졌다.

안찰어사로 등 떠밀 때도 알아봤지만, 저 젊은 신하를 물어뜯고 싶어하는 자들이 생각보다 많았다.

"적당과 내통, 뇌물 수수에 청탁이라."

혼잣말처럼 중얼거리는 대왕의 손가락이 용상의 손잡이를 톡, 톡 두들겼다. 처음 들었을 때 어처구니가 없었다. 방관주와 그토록 안 어울리는 말도 있을까. 그래도 사람은 겉모습만으로 판단하면 안 되는 법. 한순간 치민 분노를 누르며 왕은 당장 방관주를 도성으로 압송하라 명했다. 그러곤 겸사복에게 비밀리에 지시를 내렸다.

왕은 지금 겸사복이 가져올 소식을 기다리고 있었다. 그사이를 못 참고 사냥감을 문 듯 짖어 대는 신하들에게 코웃음이 나왔다. 자신이 아끼는 인재마다 저런 식으로 내치는 저들에게, 이번에도 고스란히 당해 줄 수는 없었다.

"인면수심, 후안무치한 방관주를 중죄로 다스려 일벌백계하옵소서!"

"삭탈관직하고 변방으로 유배 보내심을 간청하옵니다!"

신염은 이 모든 그림도 아버지 작품이라는 걸 눈치챘다. 조조이 방관주의 죄를 따지는 사헌부 집의를 보는 아버지 표정은 호의. 아들인 자신만 알아볼 수 있는, 일을 잘해 준 자에게 달콤한 약속을 보장하는 태도였다. 그러나 다른 세력까지 끌어들이며 방관주를 쳐 내려는 까닭만은 도무지 알 수 없었다.

어쨌거나 염도 더는 모른 체하기 어려웠다. 북방의 방관주한테 관심을 거둔 지 얼마 안 되어 사건이 터졌다. 안찰어사가 순찰 중에 기습당해 목숨을 잃을 뻔했다는 소식을 뒤늦게 들었다. 나름의 조사 끝에 배후가 아버지라는 사실을 알자 다짐이 흔들렸다. 더는 방관주와 영혜빈 부부에게 작은 관심조차 두지 않으려 했는데…… 도대체 아버지의 속내는 뭘까.

염의 눈길이 아버지에게서 떠나 돌림노래처럼 방관주를 물고 늘어지는 관료들을 훑었다. 누구 하나가 특히 빼어나면 시기 질투를 받을 수밖에 없다는, 왕이 싸고도는 자는 공공의 적이 된다는 걸 보여 주는 장면. 거슬리는 존재는 짓밟고 없애야 위로 올라갈 수 있다는 관리들 공통의 마음이 보였다.

방관주의 몰락이 눈앞에 닥쳤는데 염의 마음은 유쾌하지 않았다. 기습당한 방관주가 무사하다는 걸 알고 가슴을 쓸어내렸던 때처럼.

그때였다. 겸사복장이 들었다는 말에 대왕의 낯빛이 삽시간에 달라졌다.

"안으로 들라!"

왕이 기다렸다는 듯 입실을 명하며 기대감에 눈을 빛냈다. 먼 거리를 쉬지 않고 달려왔는지 차림새가 흐트러지고 먼지투성이가 된 겸사복장이 들어왔다.

"고하라."

"소신 겸사복, 전하의 명 받들어 북방으로 달려가 낱낱이 조사하고 돌아왔나이다."

그 말에 아버지의 눈썹과 입매가 미세하게 굳는 걸 염은 눈치챘다. 관료들의 바뀐 표정도 제각각이었다. 누구는 흠칫 놀라고, 누구는 의아해하는 얼굴.

나열된 방관주의 죄목마다, 드러나지 않았던 뒷이야기가 겸사복장의 입에서 상세하게 펼쳐졌다.

적국과 내통한 것이 아니라, 도적 우두머리와 협상해 그들을 국경 밖으로 물러나게 한 것이다. 안찰어사는 그간 수시로 고을을 순찰하며 백성들을 살뜰히 돌보았다. 굶주리는 이에게 식량을, 불 못 때는 집에는 땔감을, 병든 이가 있으면 의원까지 보내 살폈다. 고을민들이 감사의 마음으로 너도나도 키우던 닭이며 수확한 감자나 호밀 같은 작은 정성을 보내왔는데, 그마저도 관아에서 일하는 이들에게 나누었다. 그걸 뇌물 수수로 고변했다는 아전은 진작 몸을 감춰 행방을 알 수 없더라는 것까지.

"……하여 북방 고을에 도적들이 사라져 밤에도 문을 잠그지 않게 되었다 합니다. 고을 백성들은 하늘이 낸 안찰어사라며 그곳 수령으로 아예 보내 달라 간청하였고……."

갈수록 사헌부 집의의 낯빛은 새파래졌고 왕의 눈빛은 날카로워졌다. 염은 아버지가 겉으로는 꼿꼿해 보여도 몹시 동요하고 있음을 알 수 있었다.

"이것이 고을민들의 연명장이옵니다. 이것 또한 안찰어사에게 죄가 없다는 그곳 백성들의 탄원서이옵고, 이것은 방관주 안찰어사가 도적의 우두머리와 맺었다는 협약서이옵니다. 가을걷이 뒤 식량 일부와 그쪽에서 잡은 사냥감을 맞교환한다는 약속, 두 번 다시 국경을 넘어오지 않겠다는 조건이 담겨 있습니다."

겸사복이 돌돌 말린 서류들을 하나하나 내어놓고 뒤로 물러섰다. 바늘 떨어지는 소리도 들릴 듯 고요해진 정전 안에 왕의 목소리가 울렸다.

"그대들은 더 할 말이 있는가?"

꿀 먹은 벙어리가 된 신하들을 대왕이 얼음 같은 눈빛으로 훑었다. 너도나도 시선을 피하는 모습에 왕의 얼굴에 조소가 지나갔다. 모처럼 만족감이 차오른 표정으로 대왕은 방관주에게 눈을 돌렸다.

"국경과 민심을 평안히 한 공을 치하하지는 못할망정 억울한 고초를 겪게 하였구나. 방관주는 원하는 바가 있으면 말해 보라. 내 무엇이든 들어주겠다."

눈에 띄게 부드러워진 왕의 목소리였다. 뜻하지 않은 기회에 선의 고개가 번쩍 들렸다.

"심려를 끼쳐 드려 송구하옵니다. 북방에 가 보니 관리의 일이 산적해 있었나이다. 저를 그곳 수령으로 보내 주시어……."

"아니 된다!"

선의 말이 끝나기도 전에 왕이 단칼에 잘라 내었다. 선은 움찔, 입을 다물었다.

"그대는 북방 고을 백성들마저 원하는 인재니 조정에서 더 큰 일을 해야 하지 않겠는가. 방관주에게 병조참의 겸 중추원 판사직을 맡기노라!"

"헉!"

선이 기겁하며 비명을 삼켰다.

"부, 부족한 제게 지나친 벼슬입니다. 제발 거두어 주소서."

물러 달라는 선의 말을 시작으로, 봇물 터지듯 관료들 입이 일제히 열렸다.

"아무리 안찰어사 역할을 잘 수행했다 해도 지나친 대우이십니다."

"군주는 다스림에 있어 치우쳐서는 아니 됩니다."

왕의 직속 기관으로 온갖 정보와 군사 기밀을 다루던 중추원은 대신들의 지속적인 견제와 탄압으로 유명무실해진 지 오래였다. 왕권 약화의 상징이나 다름없는 중추원 판사로 선을 보낸다는 건, 왕이 본격적으로 힘을 키워 보겠다는 신호탄으로 보였다.

"본인도 부담스러워하니 명을 거두시고 좀 더 맞춤한 벼슬로……."

말을 보태다 말고 신간이 입을 다물었다. 대왕의 눈이 칼날처럼 가서 꽂혔기 때문이다.

"이 왕이 허약해 보여도 누가 피를 흘리고 누가 침을 흘리는지쯤은 안다. 위기의 변경을 안정시키고 백성을 구한 이에게 보답 않는다면, 어느 누가 나라와 백성을 위해 발 벗고 나서겠는가?"

관료들의 입은 닫혔지만 표정마저 다소곳해진 건 아니었다. 그런 신하들을 하나하나 훑던 왕의 눈이 형조판서 신간에게 다시 꽂혔다.

"공을 세우고도 높은 벼슬을 단 한 번도 탐내지 않는 방관주의 마음이 아름답지 않소?"

잠시 대왕을 바라보던 신간이 천천히 고개를 숙였다.

턱이 부스러질 듯 이를 악문 아버지. 낯빛까지 해쓱해진 방관주. 둘을 번갈아 보는 염의 눈빛은 복잡했다. 방관주가 누명을 벗은 것에 안도하는 제 마음이 스스로도 이상했다. 더 이상한 건 방관주다. 누구나 벼슬이 오르면 좋아하기 마련 아닌가? 왜 저자는 번번이 질색하며 거절하는가. 어차피 왕이 받아들이지 않을 걸 알면서 떠보는 거라기엔 그의 성품과 맞지 않았다. 매번 파격 승진이라 하나 벼슬이 올라가는 걸 꺼리는 관리라…….

거북이걸음으로 물러나는 관료들을 따라 정전을 나오면서도 염은 의문을 놓을 수 없었다.

"자, 짐이 내리는 축하주를 받으라."

선은 속으로 꺼질 듯 한숨을 쉬며 술잔을 받았다. 다른 이들과 함께 나가지 못하고 왕에게 붙잡혀 편전까지 끌려왔다. 왕과의 독대야말로 가장 피하고 싶은 일 중 하나였다. 선은 어서 이 자리를 벗어나려고 잔을 단숨에 비워 버렸다.

"목이 타는 게로구나. 한 잔 더 받으라."

잔이 도로 채워졌다. 대왕의 재촉에 선은 또다시 입에 쏟아붓는 수밖에 없었다. 금세 양 볼과 귀 끝이 발그레해졌다.

"어땠는가? 아까 짐이 한 말 멋있지 않았느냐?"

왕이 거드름 피우듯 얼굴을 치켜들며 물었다. 이번에는 오만한 대신들에게 당하지 않고, 아끼는 신하를 무사히 구했다는 안도와 충만감이 표정에 드러났다.

"멋있으셨습니다."

선은 어쩔 수 없이 맞장구쳤다. 좀 전의 장면을 떠올리는 얼굴에 설핏 미소가 어렸다. 그 모습을 물끄러미 보던 대왕이 표정을 가다듬었다.

"낭중지추라. 주머니 안의 송곳과 무리 속의 학은 모습을 드러내려 하지 않아도 저절로 드러난다. 내 충고 하나 하겠노라. 조정에서 살아남으려면 어느 정도는 비정하고 영악해질 필요가 있다. 그대는 너무 올곧아 내 마음이 더 쓰이는구나."

선은 심각해진 왕의 표정을 묵묵히 보다 시선을 내렸다. 피 튀는 조정에서 버티며 기울어진 권력의 균형을 맞추고자, 누구보다 비정하려 애쓰는 분은 대왕이었다. 왕이라는 자리가 그러했다. 나라와 백성에 대한 걱정만으로 모자랄 판에, 권력을 탐하고 왕을 허수아비로 만들려는 신하들까지 견제해야 하는. 젊은 왕의 민낯을 본 거 같아 마음이 먹먹했다. 술기운이 오르는 만큼 무언가 치미는 걸 삼키느라 얼굴까지 홧홧해졌다.

점점 홍조를 띠는 선의 뺨이며 입술을 보고, 왕이 손바닥을 실없이 용포 자락에 문질렀다.

"흠, 그건 그렇고. 내 그대의 신비한 재주에 대해 들었다. 그대의 글로 만든 병풍을 둘러치고 잠자리에 들면 천상의 꿈을 꾼다지?

내게도 그 기회를 주겠는가?"

뜬금없는 말에 선이 화들짝 놀라 손사래를 쳤다.

"허, 허황된 소문입니다. 침전의 병풍이라면 사대문 안에서 으뜸가는 명필에게 맡기시지요."

"아니 땐 굴뚝에 연기 날까? 그대의 고아한 필체는 내 이미 알고 있느니."

대왕의 명에 시종이 얇은 비단 여덟 폭과 옥돌 벼루, 봉황 꼬리 붓을 대령하였다. 하는 수 없이 선은 붓에 먹물을 듬뿍 묻혔다. 펼쳐진 비단 위에 시를 써 나갔다. 관리가 되기 전, 방선 남매의 생계 수단은 책의 삽화와 필사본이었다. 필사라면 손이 저릴 정도로 해 봤기에, 선의 글씨 쓰는 속도는 남달랐다. 반듯한 글씨체에 대한 소문도 조정에 퍼질 대로 퍼진 참이다. 비단 위를 나는 듯 지나가는 붓끝을 보며 왕이 탄성을 흘렸다.

"용이 물 위를 날고 학이 춤을 춘다. 바람이 되었다 비가 되었다 하는 시구에, 글씨마저 광채가 서리니 실로 선관 같은 솜씨로다. 내 이제야 밤잠을 편히 잘 수 있겠구나. 그대의 수고에 무엇으로 보답할까? 바라는 게 있는가?"

"마음에 드신다니 다행이옵니다. ……청컨대 북방이 안 된다면 저를 아래 관직으로 내려 보내 주시면……."

"안 된다고 하였다!"

왕이 칼로 베듯 이번에도 말을 잘라 버렸다. 선은 움칫해 붓을 내려놓고 떨리는 두 손을 앞으로 모았다.

"그대는…… 내가 가장 아끼는 신하다. 내 가까이 있으라."

잘게 떨리는 왕의 입술이 선의 눈에 들어왔다. 분노인 듯 불안한 듯 움켜쥔 주먹도.

"다른 소원을 말하라. 그것만 아니라면 뭐든 좋다."

선은 간곡한 그 말이, 너마저 외로운 내 곁을 떠나야겠느냐는 물음처럼 들렸다. 강직한 신하 하나 못 버티는 조정에서 너만은 제발 버텨 달라는 당부처럼.

"……지금은 딱히 생각나는 게 없사옵니다."

"하면 이후에라도 원하는 게 생긴다면 내 반드시 그대의 청을 들어주겠노라. 약속한다."

선만큼이나 단단한 갑옷을 두르고 사는 듯한 대왕이다. 그런 분이 유독 자신에게 내비치는 진심과 호의를 선은 외면하기 어려웠다. 그래서 더욱 두려웠다.

"크신 은혜에 몸 둘 바를 모르겠나이다. 전하께서 내리신 술이 제 몸을 붉게 물들였으니, 오늘은 이만 물러가겠사옵니다."

선의 등 뒤로 편전의 문이 닫혔다. 서늘한 공기가 선의 얼굴에 와 닿았다. 하아, 그제야 긴 숨이 터져 나왔다.

물들임

"다녀왔어."

선이 살그머니 미소 지었다. 혜빙의 눈에 눈물이 차올랐다. 단박에 혜빙이 선을 끌어안았다. 쿵쿵, 심장 소리가 들렸다. 선은 그게 혜빙의 것인지, 자신의 심장에서 나는 건지 헷갈렸다. 다만 이 친구를 다시 못 보게 될까 두려웠다는 걸 절감했다.

마침내 혜빙이 몸을 떼어 냈다. 두 눈이 선의 얼굴에서 머리로, 어깨로, 등으로, 다리로 옮겨가며 꼼꼼히 살피기 시작했다.

"괜찮아? 다치거나 아픈 데는?"

선은 말없이 고개만 가로저었다. 험난한 여정을 마치고 드디어 편히 머물 곳에 도착한 기분. 단둘이 마주한 이 시간이 귀하고 귀했다. 혜빙의 입술, 콧날, 눈, 눈썹, 이마까지 하나하나 눈에 담고 나서야 선의 입술이 열렸다.

"보고 싶었어."

"그리웠어. 날개만 있다면 단숨에 날아갔을 거야, 너한테."

동시에 혜빙의 말이 날아들었다. 선은 하나를 보내면 곱절로 돌려주는 혜빙의 마음이 고맙고 한층 무겁게 다가왔다. 마음의 동요가 뒤이어 올라오던 말을 도로 삼키게 했다.

'나도 그랬어. 어떨 땐 숨이 막힐 정도로 그리워서……'

그때 돌연 혜빙의 표정이 서늘해지며 거친 말이 쏟아졌다.

"도대체 어떤 개자식이 우리 낭군을 모함한 거야? 똥통에 빠뜨릴 놈들 같으니라고!"

"……"

"배후가 누구 같아? 얼른 밝혀내서 두 번 다시 발 뻗고 못 자게 해 주자."

"누명도 벗었고 이미 끝난 일이야. 일을 더 키우고 싶진 않아."

"일은 벌써 커졌지. 네가 벌 받기는커녕 오히려 벼슬이 높아졌는데 가만두고 볼까? 이젠 온갖 정보와 기밀을 다루는 중추원에, 병권을 쥐락펴락하는 병조에도 드나들게 됐는데?"

휴우, 선의 입에서 한숨이 나왔다. 혜빙의 말이 옳았다. 스스로 원하진 않았어도 더 중요한 직책에 올랐으니 견제도 더하리라. 자신의 꼬투리만 잡으려고 호시탐탐 노리고 덤빌 테지.

"이대로 흐지부지 묻히게 두면 안 돼. 너를 건드리면 저들도 편하지는 못하리라는 걸 경고해야 한다고!"

"내 처지 알잖아? 주목받으면 안 되는 거."

시선 끌지 않으려고 되도록 몸을 사렸다. 그러다 보니 북방에서 자신을 노렸던 암살자의 배후나, 조정에서 선을 쳐 내려는 이들 중심에 누가 있는지 밝혀내는 일도 더뎠다. 아버지 관련 사건을 더듬어 가는 건 말할 것도 없었다. 하지만 뒤늦게 생각해 보니 중책을 맡은 게 나쁘지만은 않았다. 이젠 비밀한 정보에 접근하는 것도 쉽지 않겠는가.

"이미 늦었어. 나무가 아무리 가만 있으려 하면 뭐 해? 바람이 가만 두질 않는걸. 싸움은 벌써 걸려 왔고 저쪽이 흙탕물을 튀기면 이쪽은 오물을 부어 버려야지. 무릇 싸움의 기술은 선공필승, 삼십육계, 약점공략이라 했잖아."

혜빙이 손가락까지 꼽으며 늘어놓자 선은 이 상황과 어울리지 않게 웃음이 나왔다.

"너, 병법서도 읽었어?"

"내가 우리 집 여자들에게 번역해 읽어 준 한문소설이 얼만데. 병법서를 꼭 읽어야 아나? 애정소설에서도 싸움의 기술은 얼마든지 배울 수 있다고. 봐 봐, 여주인공과 남주인공의 사랑에는 방해꾼이 항상 등장하거든. 방해꾼들은 하나같이 주인공을 나락으로 떨어뜨리려고 싸움을 걸어와. 그러면 우리 똑똑한 주인공은……."

엉뚱한 길로 빠지려는 이야기를 선이 가로막았다.

"그럼 치졸하고 부정한 방식은 반드시 뒤탈 나기 마련인 것도 잘 알겠네?"

"야! 선공필승, 삼십육계나 약점공략은 치졸하고 부정한 게 아니지. 자고로 치졸, 부정이라는 건 말이야……."

떳떳하지 못한 방법으로 차지한 권력, 뒷구멍 거래로 쌓아 올린 재물, 음모나 술수로 상대를 흔들려는 욕망 어쩌고 하며 혜빙의 말이 줄줄 이어졌다.

선은 늘 그렇듯 혜빙에게 질 수밖에 없었다. 세상 누구보다 선을 위하고 걱정해서 나온 말이니까. 무엇보다 선은 혜빙과 함께라 좋았다. 누명을 벗지 못했다면 멀리 유배당했을 수도 있다. 서로 오랫동안 떨어져 지내거나 생을 마칠 때까지 다시 못 볼 수도 있었다.

그러니 지금 살아 있고 같이 있다는 게 행복했다. 진심으로 나를 염려하는 이가 있다는 게 이리도 가슴 뛰는 일인 줄 몰랐다. 든든한 내 편이 내 곁에 있다는 감동이 목덜미까지 차올랐다.

그때 혜빙이 선과 눈을 맞추며 진심을 토해 냈다.

"나도 이젠 알겠어. 특별한 이가 생긴다는 건 그만큼 걱정도 늘어난다는 거. 네 빈자리가 저 하늘만큼 넓어서 바람이 숭숭 들어오더라고."

순간 선의 심장이 쿵, 떨어졌다. 잇새로 작은 탄식이 흘러나왔다.

"아……."

낯선 이 감정의 이름을 선도 이제 알 거 같았다. 아무리 부정하고 외면하려 해도 확실한 감정의 이름. 그것은 아마도…… 연정?

언제부터인지는 알 수 없었다. 어쩌면 북방에 있던 때일 수도, 어쩌면 혼인하던 날일 수도 있다. 아니면 우연히 만난 날 찻집, 혜빙 앞에서 눈물이 터진 순간이었을 수도. 어쩌면 다른 순간이었을 수

도 있다. 그 모든 순간순간이 모여 눈덩이처럼 감정이 불어났을 수도 있었다.

가랑비에 옷이 적셔지듯, 내 삶을 조금씩 흔들던 벗이 어느새 내 세상을 뒤집어 놓았다. 내 심장을 가득 물들여 버렸다. 자신도 모르게 쌓인 감정의 빛깔을 깨닫는 순간, 선은 숨쉬기조차 버거웠다. 흔들림 없이 저를 마주보는 혜빙의 눈빛은 투명하고도 깊었다. 다 안다고, 내 마음도 다르지 않다고 말하고 있었다.

별안간 선의 어깨가 흠칫 굳었다. 혜빙의 입술이 다가와 선의 입술에 맞닿았다 떨어졌다. 선의 심장이 미쳐 날뛰고 얼굴이 홧홧해졌다. 선은 저도 모르게 혜빙을 밀어 버렸다. 혜빙이 순순히 물러나며 고개를 끄덕였다.

"음, 그렇구나."

"뭐, 뭐 하는……."

붉어진 선의 볼과 귀에 혜빙의 시선이 닿았다 떨어졌다. 손으로 제 입술을 만져 보는 혜빙의 눈동자가 도르르 굴러다녔다. 그 목덜미도 붉었다.

"확인해 본 건데…… 역시."

"뭐, 뭘……?"

"그러니까…… 여인끼리 정인이 되는 마음을 알 것도 같다는?"

"대체 무슨 소릴……."

뛰는 가슴만큼이나 선의 눈동자도 혼란스레 흔들렸다. 혜빙이 하고자 하는 말을 선은 알아들었다. 더 이상 거부할 수도, 속일 수도 없는 감정. 걷잡을 수 없이 커지는 이 마음이 선은 미칠 듯 소중하면서도 끔찍이 두려웠다.

"마음은 막는다고 막아지는 게 아니잖아. 서로 연정을 느끼는 여인들이 소설 속에만 있겠어?"

혜빙의 말도 귀에 들어오지 않았다. 이 순간 선의 머릿속을 차지한 것은 단 하나였다. 차라리 내가 사내였다면!

같은 여인에게 가슴이 두근거린다? 이건 뭔가 잘못된 거다. 함께 있는 게 좋은 걸 넘어 심장이 뛴다거나, 얼굴을 만지고 싶다거나, 입을 맞추고 싶다거나 하는 마음은 한참 잘못된 것이다······.

선은 도의 길을 벗어나려 하는 제 마음을 꾸짖고 또 꾸짖었다. 세상과 윤리 안에서 있을 수 없는 감정은 마음속 깊은 창고에 꼭꼭 가두어야만 했다.

시
선

분홍치마에 연두저고리가 고왔다. 옥비녀에 나비 뒤꽂이로 장식
한 머리도 단아했다. 살짝 화장을 더하니 뺨은 발그레하고 눈매도
한결 또렷해졌다. 단장한 혜빙의 모습을 보며 선이 감탄했다.

"곱다."

혜빙이 싱긋 웃으며 선을 잡아끌었다.

"이제 네 차례야. 이게 나을까 아니면 이거?"

다짜고짜 이 저고리, 저 치마를 제 몸에 갖다 대 보는 혜빙 때문
에 선은 당황했다.

"무얼 입어도 어울릴 거 같지만 오늘은 이게 좋겠어. 얼른 갈아입
자."

개나리색 반회장저고리를 골라 안기고는, 혜빙이 선의 윗도리 고
름을 잡아당겨 풀었다.

"나, 나는 두 번 다시 여자 옷은……."

"어차피 그 맹세 깨졌는데 한 번 더 어긴다고 달라질 것도 없잖아."

혜빙이 눈까지 찡긋하며 달콤한 말로 꾀었다.

"오수다 가 보고 싶지 않아? 금남 구역에 사내 복장으로 갈 수는 없잖아."

선은 이번에도 혜빙에게 두 손 들고 말았다. 오수다에 대한 선의 호기심과 끌림을 눈치채고 써먹는 것도 혜빙다웠다. 선에게 자신의 치마보다 더 붉은 치마를 입게 하고, 상투를 풀어 땋아 자주 댕기를 매어 주며 혜빙이 콧노래를 흥얼거렸다. 누명을 썼던 일로 가라앉은 기분을 달래 주려 하는 혜빙의 의도를 선도 모를 수 없었다.

'그래. 혜빙이 이리 즐거워하는데 한 번쯤이야.'

덩달아 들썩이려는 마음을 눌러 밟으며 선은 스스로에게 변명했다.

"와! 옷이 날개라더니, 오히려 옷이 네 덕을 보네?"

선의 옷단장을 끝낸 혜빙이 너스레 부리며 화장 도구를 집어 들었다.

"제발 그것만은."

선은 얼굴을 옆으로 돌리며 완강히 거부했다. 의욕적으로 다가들던 것과 달리 혜빙은 순순히 물러났다.

"하긴, 너는 화장 안 해도 예뻐."

선에게는 남자로 사는 데 도움보다 방해될 때가 많은 외모지만,

오늘만큼은 혜빙에게 맞춰 주고 싶어 입을 다물었다.

규수의 모습으로 혜빙과 나란히 집을 나서는 선을 배웅하며 유모가 눈물을 훔쳤다. 유모는 둘의 뒷모습이 사라질 때까지 바라보고 서 있다가 시큰해진 코를 풀었다.

모처럼의 휴일 나들이였다. 선은 오랜만에 숨통이 트이면서도 늘 걷던 걸음이 어쩐지 거북했다. 치마 입은 자신도 낯설고, 빛깔 고운 치맛자락 스치는 소리도 새삼 크게 들렸다. 길이가 짧은 저고리도, 땋아 내린 머리칼도 어색했다.

그래도 칭칭 동여맸던 가슴가리개를 푸니 숨이 제대로 쉬어졌다. 북방에선 눈보라를 겪었는데 낙엽 내음 머금은 도성의 바람은 선선했고, 귓가에 울리는 혜빙 목소리는 나긋나긋했다. 두 사람은 손을 잡고 오솔길을 걷고 있었다. 늦단풍 든 나무 사이사이 풀숲이 이어지는 강변이었다. 바람이 불어도 불지 않아도 나뭇잎이 떨어졌다. 혜빙은 소소한 이야기보따리를 속속 풀고 있었다.

집 후원에 꽃들이 지고 나뭇잎이 떨어지자 드러난 새집 이야기, 부쩍 늘어난 오수다의 양반가 여인들 이야기, 요즘 잘 나가는 서책 이야기…….

선이 북방에 가 있는 동안 유모에게 시달린 이야기도 했다. 선이 언제까지 사내 행세를 해야 하느냐고. 자연물은 다 암수 구별이 있고 짝을 찾아 즐기는데, 왜 둘만 자연의 섭리를 배반하느냐 지청구하더라고 했다. 정 싫으면 황영 자매*처럼 둘이 한 남편을 섬기는

건 어떠냐는 말까지 하기에 유모를 꾸짖었다고 했다. 그 뒤로 유모
가 삐쳐 있는데, 선이 한 번쯤 달래 주면 좋겠다고도 했다.

선은 조근조근 이야기하는 혜빙의 얼굴을 슬쩍슬쩍 훔쳐보았다.
무언가 선의 마음을 자꾸만 두드려 댔다. 물수제비가 잔잔한 강물
에 일으키는 물살처럼 마음에 파문이 일고 차츰 퍼져 갔다. 그러다
어느 순간 선을 집어삼킬 듯 일렁거렸다.

보슬비에 옷 젖듯, 하루하루가 쌓여 계절이 바뀌듯, 이런 일상의
순간순간들이 나를 두드리고 언젠가 나를 집어삼킬지도 모르겠구
나……. 별안간 선의 머릿속이 쭈뼛 곤두섰다. 맞잡고 있던 선의 손
에서 힘이 풀렸다. 선이 길가 나무 걸상에 풀썩 주저앉자 혜빙이 의
아한 눈길을 보내왔다.

폭이 넓지 않은 강 건너 말라 가는 갈대숲이 선의 눈에 들어왔
다. 내려앉은 새들이 먹이를 찾는 듯 종종거리다 떼 지어 날아올랐
다. 울음소리와 날갯짓 소리가 하늘을 뒤덮었다. 강가에는 쓸쓸한
갈대들만 남았다. 선이 입을 떼며 목소리를 가다듬었다.

"철새들은 날아가기 전에 먹이를 잔뜩 먹어 몸을 불려. 저 날갯
짓 소리는 온 힘을 다하는 소리야"

갈대들이 바람에 사각사각거렸다. 어디선가 작은 배 한 척이 나
타나 강을 가로지르기 시작했다.

"오라비를 잃고 나서 온 힘을 다하며 살았어. 하늘에서 천둥만

---

*중국 요임금의 두 딸인 아황과 아영. 둘 다 순임금의 왕비가 되었다가 순임금이 죽자 강에 투신했다.

쳐도 계집이 가져서는 안 될 욕심을 꾸짖는 소리로 들렸지. 누구도 응원하지 않는 남장 여자의 삶, 하루만 견디자. 그 하루에 또 하루를 보태며 지금껏 살아왔어. 그런데 이젠……."

선은 잠시 숨을 쉬며 다음 말을 골랐다. 혼란스러운 제 감정을 솔직히 털어놓고 혜빙과 이야기해 보고 싶었다. 혜빙이 선 옆에 바싹 다가앉으며 손을 다시 맞잡았다.

"이젠 내가 응원해. 네 삶이 곧 내 삶이야."

한결같이 혜빙의 손은 따뜻하고 다정했다. 선의 깊은 고민을 부질없게 만들 만큼.

"같은 방향을 바라보는 너와 함께라 좋았는데, 그런 말로는 이제 부족해. 내가 강 위의 배라면 너는 나를 계속 나아가게 해 주는 바람이야."

넘치는 혜빙의 고백에 선은 멈칫, 긴장해 버렸다. 목구멍까지 올라왔던 말이 쏙 들어갔다. 선이 입만 달싹거리자 혜빙이 빙그레 웃었다.

바람이 불어와 선의 귀밑머리가 날렸다. 혜빙이 손을 뻗어 선의 머리칼 몇 올을 귀 뒤로 넘겨 주며 물었다.

"오늘 나오길 잘했지? 가슴이 탁 트이지 않아?"

선은 그제야 참았던 숨을 내쉬고는 고개를 끄덕였다.

혜빙이 일어서 두어 걸음 걸어 나갔다.

"세상이 참 아름답지 않아? 하늘은 저리도 높고 땅은 저리도 멀고. 서책 속에 묘사된 풍경들은 한참 모자라."

혜빙이 꿈꾸듯 양팔을 들어올렸다. 바람을 정면으로 마주한 혜빙의 소맷자락이 새의 날개처럼 팔락거렸다. 치맛자락도 바람을 타고 오르는 새들처럼 펄럭펄럭거렸다. 날아갔던 새 한 무리가 돌아와 혜빙 머리 위에서 맴을 돌았다. 그걸 보며 선이 우스개처럼 속마음을 전했다.

"새들도 네가 날아오르길 기다리는 거 같다. 나만 두고 혼자 날아가면 안 된다?"

"같이 가야지. 하늘 끝, 땅끝이라도 함께! 아, 다음 생에는 우리 새로 태어나는 건 어때?"

"음…… 바람도 좋지 않을까? 어디서 불어오고 어디로 불어 가는지 알아보게."

걸리는 거 하나 없이 자유로우니, 바람은.

굳이 덧붙이지 않아도 혜빙은 알아들었을 터였다. 돌아보는 혜빙의 얼굴에 피어난 웃음꽃만 봐도 선은 알 수 있었다. 선의 얼굴에도 차츰 미소가 번졌다.

해그림자가 길어지기 시작했다. 선과 혜빙은 시전 거리로 발길을 돌렸다. 떡전에서 절편과 당과를 사 먹고, 포목전에서 색색깔 천들을 몸에 대어 보고, 잡화전에서 장신구도 골랐다. 지전에서 혜빙이 쓸 종이도 샀다. 마지막으로 세책점에 들르니 주인이 혜빙을 보고 펄쩍 뛰며 속삭였다.

"소식 못 들으셨나요? 오수다는 오늘부터 한동안 중지인데요."

"……분위기가 매우 안 좋은가요?"

"살벌하다 못해 얼음판입지요."

단속이 부쩍 심해졌다는 소리였다. 그만큼 금서를 읽고 나누는 사람들이 많이 늘었다는 말이기도 했다.

"하는 수 없죠. 오늘은 새로 나온 서책들도 못 보겠죠? 이만 돌아갈게요."

혜빙과 선은 도로 나오려다 안으로 들어서는 누군가와 마주쳤다. 순간 선의 간이 콩알만 해졌다.

"어, 행수님!"

혜빙의 인사에 화답한 백 행수가 정중한 사과를 건넸다.

"헛걸음하게 해드려 송구합니다. 오전에 급히 댁으로 연통 넣었는데 이미 출타하신 뒤더군요."

"아, 아니에요. 제가 집에서 너무 일찍 나온걸요."

"서별채로 가시기 전에 뵙게 되어 다행입니다. 한데 옆의 아가씨는……."

시선을 선에게 돌리던 행수의 눈이 커졌다.

"친척 동생입니다. 시골서 다니러 왔어요."

혜빙이 재빨리 행수의 눈길로부터 선을 막아서며 말했다. 행수는 고개를 갸웃하더니 금세 표정을 갈무리했다.

선은 땀이 밴 손으로 치맛자락을 움켜쥐었다. 애써 예사로운 기색으로 혜빙에게 말했다.

"먼저 나가 있을게."

뒤통수에 따라붙은 눈길을 느끼며 선은 문 쪽으로 한 발 또 한 발 걸어 나갔다.

밖으로 나오자마자 달음박질치듯 세책점과 거리를 벌렸다. 혜빙이 오수다를 빌미로 저를 꾈 때, 백 행수를 생각 못한 자신이 어처구니없었다. 멀찍이 담벼락까지 가서 참았던 숨을 토해 냈다. 머리를 담에 기댄 채 눈을 감고 맺힌 땀을 식혔다. 그때 누군가 뒤에서 말을 걸어왔다.

"어디 불편하십니까?"

선은 놀라 그 자리에 주저앉을 뻔했다. 한 선비가 선의 코앞으로 얼굴을 들이대는 중이었다.

"괜, 괜찮습니다."

선비를 피해 선은 옆으로 한 발 비켜섰다. 손에 들고 있던 쓰개옷을 재빨리 머리에 뒤집어썼다. 그 찰나의 순간, 저 앞에 선 누군가가 눈에 스쳤다. 선은 소스라쳐 얼어붙었다.

신염이었다. 선의 가슴이 터질 듯 날뛰고, 몸에 다시 땀이 훅 배었다. 그때 구원 같은 목소리가 귀에 와 꽂혔다.

"여기 있었어?"

혜빙이 바람같이 선의 곁으로 다가왔다. 그제야 날뛰던 심장이 서서히 제자리를 찾아갔다.

"이렇게 뵙네요. 그간 잘 지내셨는지요?"

염은 덤덤하게 인사 건네는 혜빙을 바라보았다. 어쩌면 우연이었다. 방관주를 감시하는 아버지의 첩자가 전하는 말을 듣게 된 것은.

방관주의 부인이 오늘 외출했다. 남편이 아닌 낯선 규수와 함께였다…….

"그 처자가 누구인데? 언제부터 그 집에 머물렀느냐?"

아버지가 득달같이 물었으나 첩자는 속 시원히 대답 못 하고 얼버무렸다.

"방 판사의 집에 손님이 찾아온 건 보지 못했습니다만, 제가 놓쳤는지도……."

"쓸모없는 놈! 감시를 소홀히 했던 것이냐? 당장 누군지 알아내거라!"

아버지가 닦달하는 소리를 뒤로 하고 염은 집을 나왔다. 혜빙이라면 세책점에 들르지 않을까 싶던 예측이 맞았다. 실제로 이리 마주쳤으니. 물론 시전 거리를 몇 시진이나 서성이다 돌아서던 길이긴 했지만.

염은 제멋대로 뛰는 가슴을 나무라며 혜빙 옆의 규수에게 눈을 돌렸다. 쓰개옷 사이로 살짝 엿보인 눈빛, 어쩐지 익숙한 자태가 눈길을 붙들었다. 염의 직감이 저 감춰진 얼굴을 확인하라고 연신 부추겼다. 하지만 염은 혜빙에게 밉보이고 싶지 않았다. 몹쓸 놈으로 비춰지는 건 더 싫었다.

염의 끈질긴 시선으로부터 선을 슬쩍 가리며 혜빙이 목소리를 키웠다.

"외가 동생입니다. 그럼 이만."

염의 시선이 다시 혜빙에게로 옮겨갔다. 규수의 손을 잡고 혜빙이 돌아섰다. 무어라 말을 건네고자 벌어졌던 염의 입이 도로 닫혔다. 자신이 무언가 또 놓친 기분이 들었다. 지금 붙잡지 않으면 후회할 거라는 익숙한 듯 낯선 찜찜함도.

염은 복잡한 눈길로 제 앞에서 멀어져 가는 뒷모습을 바라보았다. 그렇게 두 여인이 사라질 때까지 눈으로만 뒤따라갔다. 입이 있어도 말하지 못하고, 발이 있어도 다가가면 안 되는 마음을 다시 한 번 베어 내면서.

지는 해의 붉고 선명한 노을이 빈 거리에 그림처럼 깔리고 있었다.

다
듬

선은 집으로 돌아오는 내내 신염을 지울 수 없었다. 그 차갑고 오만한 표정이 혜빙을 볼 때는 풀어지던 걸 보았다. 그 눈빛 속에 채 접지 못한 연모와 미련이 담긴 것도 엿보였다.

'어쩌면 신염 같은 사내야말로 혜빙에게 어울리지 않아? 그게 자연스럽고 뒤탈도 없을 테고. 혜빙의 행복을 위한다면 네가 먼저 비켜 줘야 하는 거 아냐? 혜빙을 위해서라면 얼마든지 그럴 수…… 있나? ……그래도 혜빙이 원한다면…….'

선은 자신을 들쑤시는 목소리 때문에 속이 아렸다. 생각만으로도 가슴이 무너지는 거 같았다. 위태위태한 마음이 뾰족한 말의 화살을 입고 엉뚱한 과녁을 찾아갔다.

"내가 안 입는다고 했지! 얼마나 조마조마했는지 알아? 하필 마주쳐도 신염이라니."

그러나 혜빙은 아무렇지 않게 받아쳤다.

"이봐요, 서방님. 그 정도 일로 오늘의 행보를 벌써 후회하는 거야? 그만한 배포로 어떻게 평생 사내로 살겠다 했을까?"

혜빙은 가차 없이 한발 더 나아갔다.

"너, 정녕 죽을 때까지 사내로 살 거야? 여인으로 돌아갈 마음은 없어? 그 날을 위해 가끔 이렇게 여자 옷도 입고……"

"아니! 나는 평생 사내야. 오라버니의 염원을 내가 이룰 거야."

"또 오라버니, 오라버니! 그럼 너는? 네 인생은?"

혜빙의 목소리가 높아졌다. 내친김에 마음 안에만 담아 두었던 말을 꺼냈다.

"오라버니에 대한 네 마음은 나도 알아. 하지만 네가 오라버니 대신 사는 걸 그분이 진정 바랐을까? 이제는 오라비의 망령에서 벗어날 때도 됐……"

"말을 삼가해! 오라버니까지 모욕한다면 가만있지 않겠어!"

선이 불쾌한 기색을 드러내며 소리쳤다.

혜빙은 말없이 선을 노려보다 갑자기 손을 뻗었다. 선의 저고리 앞섶을 획 젖히자 옷고름이 두둑 뜯겨 나갔다. 선의 어깨를 혜빙이 손으로 움켜쥐며 말했다.

"이 가는 어깨로, 보들보들한 살갗으로 언제까지 사내 행세가 가능할 거 같은데? 매달 달거리는? 월경통은? 나이를 아무리 먹어도 나지 않을 수염은?"

선은 맞받아치려다 말았다. 안 그래도 달 손님이 찾아올 때마다

126

통증도 그렇거니와 옷에 흔적이라도 묻을까 신경이 곤두섰다. 달거리를 멈추게 하는 먼 나라 약이 있다는 걸 어찌어찌 알아냈다. 때때로 그 약을 떠올리면서도 선뜻 구하지는 못했다. 몇 해만 꾸준히 먹으면 달거리가 아예 멈추고, 여성 몸으로의 기능도 사라진다고 했다. 여인이되 여인 아닌 몸, 그렇다고 사내도 아닌 몸으로 평생 산다는 게 그림이 잘 그려지지 않았다.

나는 언제까지 오라비로 살 건가? 언젠가 방선으로 돌아가고 싶은가? 그 물음에 대한 답을 스스로도 찾지 못했기에.

집에 들어서기 무섭게 시작된 말다툼이 저녁상을 술상으로 바꿔버렸다. 술에 약한 선은 혜빙보다 먼저 혀끝이 풀렸다. 취기가 오르면서 꽁꽁 싸맨 본심이 자꾸 입 밖으로 뛰쳐나오려 했다. 네 앞에서는 내가 진짜 사내였으면 좋겠다.

"그래도…… 내가 남자, 관리로 사는 덕에 너도 많은 걸 누릴 수 있잖아?"

혀 꼬부라진 선의 말에 혜빙이 심드렁하니 빈정거렸다.

"방선 입에서 그런 말이 나오다니. 진짜 방관주라도 된 거 같잖아?"

"그래그래. 내가 살아 보니 남자 관리의 삶도 만만치는 않더란 말이지. 어깨에 집안을 얹고 책임감에 짓눌려 살아야지. 상상도 못할 음모와 배신과 권모술수 속에서 살아남아야 하는 거더라고."

그런 삶이어도 사내였으면 좋겠어. 너와 진짜 부부가 되고 싶다고……. 이번에도 나아가지 못한 속말은 선의 입속에서 잘게 잘게 부서졌다.

"술주정이 귀엽네?"

혜빙이 킥, 웃으며 선을 놀렸다. 그러곤 술잔을 단숨에 입속으로 털어 넣었다.

"뭐, 사내고 여인이고 산다는 건 누구나 만만치 않은 거지. 흥! 그래도 양반 사내는 능력 있으면 제 이름 석 자 앞세워 살아갈 만한 세상이지. 그러니 너도 사내가 된 거잖아. 이 깊고 단단한 양반 사내들만의 세상에서 제대로 살아 보려고."

선은 대꾸 없이 제 술잔만 만지작거렸다. 눈이 흐릿하고 머리는 몽롱했지만 혜빙의 말은 귀에 쏙쏙 들어와 박혔다.

"그래서 내가 너랑 혼인한 거고 말이야. 중요한 일에 결정권도 없이 휘둘려야 하는 사대부가 여자의 삶이 싫어서."

혜빙은 큰 숨을 내쉬고 선은 힘없이 고개만 끄덕였다. 속마음을 감추려고 아무리 다른 말로 뻗대 봐도 소용없다. 선은 혜빙에게 질 수밖에 없으니까. 전에도 지금도 앞으로도.

"그래. 선, 네 덕에 나는 전보다 편해졌고 하는 일도 즐거워. 그런데 너는? 너도 즐거워? 남자로 살아 내려 애쓰는 게…… 행복해?"

안쓰러움을 담고 저를 보는 혜빙의 눈가가 붉었다. 선은 가슴이 먹먹해졌다.

행복……. 선은 그 말을 입속으로 가만 중얼거려 보았다. 무엇이 행복일까? 지금 나는 행복한가?

혜빙이 다시 채운 잔을 선의 잔에 부딪히고는 또 입속에 부었다.

"도리와 의무보다 사람이 먼저잖아. 오라비를 대신한답시고, 가문을 일으키고 입지를 다지려다 너 자신을 잃어버리면? 그다음은?"

선은 눈길을 떨구었다. 손에 들고 있는 잔 속에서 술이 연신 출렁거렸다. 머릿속도 눈앞도 자꾸 뿌예졌다. 그 속으로 섞여 드는 혜빙의 목소리가 촉촉했다.

"지금은 어쩔 수 없어도 언젠가는 네 진짜 삶을 살아야 하지 않겠어?"

추위를 몰고 올 비가 창밖에 소리 없이 내리는 밤이었다.

"오라버니······."

가만히 불러봤을 뿐인데 눈물과 한숨이 한꺼번에 비어져 나왔다. 왜 이리 가슴이 아프지? 선은 안개가 낀 것 같은 머리로 까닭을 헤아려 봤지만 소용없었다.

저 앞 흐릿한 세상에 오라비가 있었다. 뒷모습이지만 오라비가 맞았다. 하지만 선의 부름에도 오라비는 돌아보지 않았다. 더 크게 부르려 했지만 목소리가 나오지 않았다.

선은 무작정 오라비를 따라갈 수도, 놔두고 돌아설 수도 없어 발만 굴렀다. 오라비도 아니고 여동생도 아닌 선은 어디로도 갈 수 없었다. 그저 우두커니 외롭고 한없이 막막했다.

'오라버니.'

어느 순간 오라비가 보이지 않았다.

선은 불현듯 자신이 있는 곳이 꿈속이라는 걸 깨달았다. 그러자 혜빙이 생각났다.

어디 있지? 혜빙은 어디 갔어? 나쁜 꿈길 끝자락에서 기다리고, 안아 주고, 괜찮다 토닥여 주는 혜빙은? 언제부턴가 깊은 잠을 잘 수 있게 해 준 나의 혜빙은? 어째서 깨어날 수 없을까? 왜 악몽이 다시 찾아온 거야?

혜빙, 제발! 선은 알았다. 꿈속에서도 사무치게 깨달았다. 자신에게 이제 혜빙이 없는 삶이야말로 악몽일 거라는 걸.

악
연

"좀 들어가게 해 달라고! 이 집에 내 마누라가 산다니까!"

대문 앞이 시끄러웠다. 하인이 전하는 말을 듣고 대문 쪽으로 가던 선의 발이 멈췄다. 문지기와 실랑이하는 크고 거친 목소리가 어쩐지 귀에 익었다.

"아, 사람 말을 왜 못 믿어? 일단 들여보내 주면 알 거 아냐?"

선은 자신의 차림새를 살폈다. 도포의 허리끈도 제대로 매여 있고 머리에 쓴 갓끈도 잘 묶여 있었다. 갓을 얼굴 쪽으로 살짝 내리고 목소리도 가다듬은 다음 지시했다.

"열어라."

대문이 열리자 문지기를 확 밀치며 사내가 들어왔다. 사내는 놀란 듯, 넓은 마당과 번듯한 지붕과 아름드리 기둥이며 방문들을 확 둘러보았다. 그러다 선과 눈이 마주치자 잽싸게 다가왔다.

"관주 도련님?"

"주인 나리시다. 예를 갖춰라!"

하인이 막아서자 사내가 잠시 주춤하다 두 손을 앞으로 모았다.

"오랜만에 뵙네요, 방관주 나리. 부성입니다."

사내가 숙였던 고개를 들며 히죽 웃었다.

선은 마지막 보았을 때보다 행색이 한결 초라해진 유모의 남편을 바라보았다. 도성에 처음 자리 잡을 무렵, 관주와 선이 뼈 빠지게 필사하고 그림 그려 마련한 생활비를 모조리 챙겨 사라졌던 사람. 덕분에 한동안 하루 한 끼는 건너뛰어야 했고, 추운 날에도 불을 못 땔 때 이불을 겹겹이 두르고 지내야 했다. 곱은 손으로 필사를 더 많이 하느라 팔 저림증까지 생겼다. 어쩌면 그때 오라비의 몸도 한결 망가졌을 거다.

선은 부들부들 떨리는 주먹을 움켜쥐었다. 부성을 쏘아보며 평소보다 한층 낮고 굵게 목소리를 냈다.

"여긴 어쩐 일인가?"

순간 부성의 얼굴에서 능글거리던 웃음기가 사라졌다. 고개를 갸웃하며 뚫어질 듯 선의 얼굴을 보더니 냉큼 한 발 다가섰다. 옆에 있던 하인이 다시 부성의 앞을 가로막았다.

그때 안채 쪽에서 혜빙과 유모가 나왔다. 부성을 보고 눈이 휘둥그레진 유모가 뛰다시피 했다. 유모가 다짜고짜 두 손으로 부성의 팔이며 등을 때리기 시작했다.

"당신! 무슨 낯으로 여길 찾아와? 양심도 없어요?"

유모의 팔목을 제 손으로 부여잡으며, 부성의 눈은 여전히 선에게 못 박혀 있었다.

"유모를 찾아온 거 같은데 두 분이 말씀 나누시게."

돌아서는 선의 팔짱을 쓱, 끼며 혜빙이 몸을 붙였다. 사랑채로 들어가는 부부의 뒤를 부성의 눈길이 계속 따라왔다. 감출 생각 없는 부성의 목소리도 뒤따라왔다.

"관주 도련님 맞아? 어딘가 달라 보이는데."

불안스레 뛰던 선의 심장이 쿵쿵 속도를 높였다. 선은 저도 모르게 돌아볼 뻔했다. 유모가 당황했는지 우물거리는 소리도 들렸다.

"무, 무슨 말이에요? 관주 도련님 아니면 누구겠어요?"

긴장으로 딱딱해진 선의 팔을 달래듯 혜빙의 손이 토닥토닥했다.

"이제는 수염을 좀 붙여 볼까?"

혜빙의 뜬금없는 제안에 선이 끄덕이자, 혜빙은 금세 시무룩하니 말을 바꿨다.

"아, 그러면 얼굴이 가려질 테니 별로다. 서방님 미모를 가리는 건 잡티 하나도 봐 주고 싶지 않은걸."

선은 픽, 웃고 말았다. 혜빙의 너스레는 언제나처럼 선의 불안증에 좋은 약이었다.

이틀 머문 부성은 선이 내어 준 돈 꾸러미를 받아들고 다시 나갔다. 또 찾아와 유모를 괴롭히지 않겠다는 약조와 함께.

선이 어렸을 때는 부성도 착실한 하인으로 제 몫을 하던 사람이었다. 선의 부모가 죽고 집안이 더욱 기울면서 몇 안 되던 하인들이 떠나갔다. 그때 부성도 집을 나갔다. 품도 팔고 남의 집 머슴일도 하다가 어쩌다 도박에 손을 대더니 수렁처럼 빠져들었다. 그 뒤로 빈털터리가 되면 찾아와, 유모가 삯바느질로 손가락 찔려 가며마련한 돈을 털어 가곤 했다. 급기야 주인집 생활비에까지 손을 댄뒤로 소식이 끊어졌다.

"뭐 하러 돈을 주셨어요? 그냥 내쫓아 버리지."

선은 미안해하는 유모를 달랬다.

"유모가 그 사람한테 시달리는 거 싫어. 그깟 돈보다 내겐 유모가훨씬 소중해."

하지만 선이라고 걱정되지 않는 건 아니었다. 이사 온 집까지 알아내 찾아온 부성이 돈맛을 알고 자주 올지도 모른다. 이젠 형편도나아졌으니 돈이야 보태 줄 수 있지만 불안의 원인은 다른 데 있었다.

"도박이라는 게 한번 빠지면 아내고 자식이고 아무것도 안 보인다던데."

"제가 면목 없네요. 서방이라고 없느니만 못한 작자 같으니라고.후우……."

유모의 한숨에는 선에게 고마움과 미안함, 남편에 대한 원망까지복잡한 심경이 담겨 있었다. 거기에 부성이 죽지 않고 살아 있었다는 안도감도 있다는 걸 선은 모르지 않았다.

"그래도 남편이잖아."

"……남편 노릇을 해야 남편이지. 또 찾아오면 그땐 내치세요."

"그러다 혹……."

그 사람이 내가 오라비가 아니라는 걸 눈치라도 채면? 그걸 어디가 떠들기라도 하면? 차마 입에 올리지 못한 선의 말을 듣기라도 한 듯 유모가 도리질쳤다.

"걱정 마세요. 상상도 못 할 거예요. 애초에 자기밖에 모르는 사람이에요. 남에 대한 관심이라곤 쥐톨만치도 없어요."

유모의 장담에도 선의 마음 한구석에 싹튼 불안감은 쉬 가시지 않았다.

덫

서월루의 동별채에서는 비밀스러운 논의나 만남이 주로 이루어
졌다. 기루인 서월루 본채에서 뚝 떨어진 데다, 전각 주변을 둘러싼
울창한 풀숲과 나무들로 드나드는 이의 모습이 잘 가려졌다. 각 별
실들도 거리를 두고 있어 소리가 새 나갈 염려도, 오가는 이들끼리
마주치는 일도 드물었다. 상상을 초월하는 사용료에도 뒤가 구린
벼슬아치들 발길이 끊이지 않는 까닭이었다.

백아란 행수는 그 별실 하나로 들어가는 신간을 멀찍이서 보았
다. 잠시 후, 허름한 차림의 사내 하나가 안내를 받아 그리로 들어
갔다. 문이 닫히고 신간의 수하들이 주변을 단단히 지키고 섰다.
한눈에 봐도 잘 훈련된 무사들이었다.

"신 판서가 무언가 꾸미는구나."

전각 기둥 뒤에 숨은 듯 서서 아란이 손짓하자, 기녀 하나가 가

까이 왔다. 그 귀에 대고 아란이 무어라 속삭였다. 고개를 끄덕인 기녀가 물러나 별실 쪽으로 걸어갔다. 하지만 근처에 다다르기도 전에 굵직한 팔에 가로막혔다.

"술상을 봐 올릴까요?"

기녀가 화사하게 웃으며 자신을 가로막은 무사에게 물었다. 무사는 매서운 눈으로 기녀의 얼굴이며 몸을 훑더니 말했다.

"말씀이 끝난 다음 부를 것이네."

기녀는 하는 수 없이 물러나며, 멀찍이 선 아란에게 살짝 고개를 저어 보였다. 기녀가 돌아가고 아란은 기둥에 기대선 채 별실의 문이 다시 열리기를 기다렸다.

별실 안에는 신간과 부성이 마주앉아 있었다. 신간은 방관주에게 붙여 놓은 첩자에게서 부성에 대한 말을 듣자마자 이 자리를 마련했다. 무릎을 꿇고 앉은 부성은 높으신 나리가 왜 저를 불렀는지 알 수 없어 눈만 굴렸다.

"방관주를 키운 유모의 남편이라 들었다."

방관주라는 이름에 부성이 고개를 번쩍 들었다. 저를 꿰뚫을 듯 형형한 눈초리와 마주치자 슬그머니 고개가 도로 내려갔다.

"돈이 궁하다지? 일 하나만 해 준다면 은자 스무 냥을 내어 주지."

"예?"

부성은 눈치 없이 큰 소리 낸 입을 다물지도 못했다. 웬만한 집에서 한 해 동안 먹고살 수 있는 돈이다. 얼이 빠졌던 부성이 뒤늦게 물었다.

"……제게 무엇을 원하십니까?"

"무엇이든 하겠느냐?"

잠시 멈칫했던 부성의 망설임은 오래가지 않았다. 그러겠다는 대답과 함께 머리까지 공손히 조아렸다.

"방관주의 약점, 그를 쥐고 흔들 수 있는 결정적인 패."

이번엔 부성의 눈이 찢어질 듯 커졌다. 신간을 힐끔 쳐다보고 다시 내리까는 눈동자가 희번덕거렸다. 주먹 쥔 손 안에 땀이 배었다.

"빼도 박도 못할 약점을 찾아내면 된다. 그것만 가져오면 자네가 몸이 닳도록 드나드는 곳이 사주전(위조한 돈) 판치는 불법 도박판이라는 것도 내 묻어 두지."

불법이라는 말에 부성의 간이 순식간에 쪼그라들었다. 도박판에서는 밑천이 다 털리면 사주전으로 계속하게 해 주고, 더 높은 이자를 받아 챙겼다. 나라에서 금하고 눈에 불을 켜고 찾아 없애려는 사주전이 어떻게 나도는지 모르지만, 들키면 끝장이라는 것쯤은 알았다. 그래도 한번 맛본 도박의 유혹을 끊기엔 이미 멀리 와 버렸다.

부성은 자신이 덫에 걸렸다는 생각이 들었다. 목돈과 비밀 보장이라는 빠져나가고 싶지 않은 달콤한 덫. 관주 도련님에게 슬그머니 올라오던 죄책감은 눈앞을 맴도는 돈다발과 나무 패들에 묻혀 버렸다.

부성은 죽어라 머리를 굴렸다. 빼도 박도 못할 약점이라……. 돌연 부성의 마음 안에 의문이 고개를 치켜들었다.

"저, 나리께서는 방관주 도련…… 아니, 방관주 나리를 어쩌고 싶으신 건지요?"

"그걸 네게 알려 줄 이유가 무엇이냐?"

대꾸하는 신간의 말투는 느긋했지만 표정은 무시무시했다. 부성은 저도 모르게 부르르 무릎을 떨었다.

"하면…… 방관주 나리를 죽이려는 건…… 아니지요?"

"왜, 그가 죽었으면 좋겠나?"

신간이 떠보는 말에 홀라당 넘어간 부성이 펄쩍 뛰었다.

"무, 무슨! 절대, 절대 아닙니다요!"

"나도 그렇게까지 일을 키울 생각은 없다."

방관주의 목숨을 노리는 건 아니라는 말에 부성은 마음이 놓였다. 약간은 도사렸던 죄책감도 사라졌다. 부성은 오랜만에 마주했던 관주의 모습을 곰곰 되짚었다. 약점이라면……. 문득 부성이 눈을 치켜떴다.

"저…… 방관주 나리가 좀 달라 보이긴 했습니다."

"달라 보인다?"

"그게…… 예전에 뵈었던 도련님하고 어딘가 달랐습지요. 분위기가 선 아가씨랑 더 비슷하기도 하고……. 뭐, 두 분이 워낙 닮긴 했지만요……."

횡설수설하는 부성을 보고 신간이 이맛살을 찌푸렸다.

"무엇을 말하고 싶은 것이냐?"

"그것이, 그러니까…… 방관주 나리가…… 여자 같기도 하고……."

신간의 입에서 조소가 흘러나왔다.

"말도 안 되는……."

하다 말고 신간이 입을 닫았다. 유달리 얼굴선과 목선이 가는 방관주의 모습이 떠올랐기 때문이다. 키도 고만고만하고, 몸매도 호리호리하고, 팔다리도 가늘었다. 그렇다고 선이 가늘고 몸이 마른 사내가 없지는 않다.

"여자라……."

그 말을 입에 올린 걸 신호로 신간에게 의심의 씨앗이 뿌리 내리기 시작했다. 설마, 감히 계집이 발칙하게 사내 흉내를 내고 있다? 그렇다면 대왕이 유독 방관주를 싸고도는 것도 나비가 꽃에 이끌리듯 본능이 시켜서? 그렇다면 둘도 없는 금슬 부부로 소문난 그 부인은? 내 아들과 파혼하고 방관주를 택한 여자가, 남편이 여인이라면 그걸 모를 리가.

신간은 고개를 가로저었다. 하지만 작은 의심의 끄나풀이라도 털고 가야 한다는 건 누구보다 잘 알았다.

"확신하느냐?"

부성이 잠시 주춤거리다 냉큼 말했다.

"아닙니다. 그럴 리가 없겠……."

"물증을 가져오거라. 여인임을 증명할 수 있다면 무엇이든 좋다."

"하지만……."

부성은 입을 달싹이다 말고 고개를 조아렸다.

"뭐든 찾아보겠습니다요."

부성이 별실에서 나와 자취를 감추자 백아란 행수가 기둥 뒤에서 나왔다. 아란이 손을 살짝 들어 올렸다. 검은 무복에 검은 리본으로 머리칼을 묶은 여인이 연기처럼 나타났다. 교대로 보이지 않는 곳에 은신하다, 대행수의 부름에 달려오는 서월루의 그림자인 까마귀의 하나였다.

"형조판서와 만나고 간 자가 누군지 알아 오라."

까마귀가 순식간에 부성의 뒤를 밟아 사라졌다. 아란의 눈길이 신간 홀로 술잔을 기울이고 있는 별실 쪽으로 다시 향했다.

한때 은인이었고 지아비였으나 이제는 남보다 못한 사이였다. 오래전 백아란은 사대부가의 규수였다. 역모에 연루되어 집안이 한순간에 풍비박산하고 어린 아란은 관기로 끌려갔다. 지방의 한 관아에서 죽지 못해 하루를 살아갈 때 수령으로 온 신간을 만났다. 다정하고 따스한 품 안에서 아란은 그간의 고통과 외로움을 위로받았다.

이름 없는 풀도 봄볕 따사로운 줄은 안다고 했다. 아란은 제게 내어 준 따스함을 평생 은혜로 여겼기에, 신간이 도성으로 돌아올 때 저에게 내민 손을 잡았다. 무리해서까지 아란을 기적에서 빼내려 애쓰던 신간의 진심에 아란은 기꺼이 남은 생을 던졌다. 하지만 다사로운 봄볕은 얼마 가지 않았다. 남편이 데려온 소실에 대한 본부인의 투기와 괴롭힘은 상상을 넘어섰다. 회임한 아란에게 부인이 보내 온 보약을 먹고 아란은 죽을 고비를 넘겼다. 아기도 잃고 두 번 다시 아이를 가질 수도 없는 몸이 되고 말았다.

모든 정황을 알고도 신간은 침묵했다. 본부인과 작은 부인 사이에서 어느 편도 들지 않는 걸로 남편 체면을 지키려 했는지도 모른다. 세도가인 처가의 눈치를 살피느라 어쩔 수 없었는지도.

한때 아란을 세상에서 가장 소중한 존재 대하듯 하던 사내는 이제 없었다. 아란은 살기 위해서라도 그 집을 나와야 했다.

"떠나게 해 주세요."

"꼭 나가야만 하겠느냐? 그대마저 없으면 나는……."

붙잡는 신간을 밀어내며 아란은 그나마 남았던 연심도 끊어 냈다. 지키지도 못하면서 놓아 주지도 않는 집착. 그 이기심 앞에서 아란은 독해질 수밖에 없었다.

"이 집에 더 머물다간 죽고 말 겁니다. 아시지 않습니까?"

하는 수 없이 아란을 보내며 신간은 약간의 재물을 마련해 주었다. 어떻게든 인연의 끈을 이어 놓으려는 속셈을 알면서도, 아란은 그것까지 마다할 수 없었다. 무일푼으로 세상에 나선 여자가 어찌 될지는 뻔했으니까. 그 재물을 밑천으로 악착같이 돈을 모았다. 갖은 고생 끝에 십여 년 만에 조선 최고 기루의 대행수이자, 세책점의 숨은 주인이 되었다. 그사이 이자까지 쳐서 신간에게 돈을 갚은 지는 오래였다. 그것으로 인연도 도려냈다 여겼는데, 신간에게는 오히려 서월루를 드나들게 만든 계기가 된 모양이었다.

다시 만난 뒤, 아란은 단 한 번도 신간과 마주 앉지 않았다. 온갖 정보를 모아 오는 까마귀들의 탐색 망에, 이제 신간은 탐욕스런 벼슬아치의 하나일 뿐이었다.

"한때나마 저런 이를 연모했던 나도 우습지."

씁쓸하고 허망했다. 다정하고 온화했던 예전 모습까지는 아니어도 곧고 따뜻한 이로 기억할 수 있기를 바랐다. 정도와 품위는 지키며 살고 있기를 바랐다.

굳게 닫힌 별실 문에서 눈을 떼고 아란은 하늘을 올려다보았다. 눈을 품은 검은 구름이 하늘 가득 몰려들고 있었다.

불
씨

"여여상열지사라니! 놀랍군요. 여인과 여인의 연모라……. 쉬 공
감 가지는 않네요."

"그러니까 소설이죠. 현실이 아니라 허구잖아요."

누군가의 감상을 다른 누군가가 받았다. 늘어진 발 뒤에 앉은 혜
빙 얼굴에 웃음이 번졌다.

'허구가 아니고 실제라면?'

미소는 금세 사라지고 표정이 쓸쓸해졌다. 요즘 선은 눈에 띄게
혜빙을 멀리했다. 잠도 사랑채에서 따로 자고, 혜빙이 다가가기라도
하면 볼일 핑계 대며 피하기 바빴다. 마주치면 흔들리는 눈동자가
말하는 거 같았다. 네게로 가는 강이 너무 깊고 멀어서 건너기 겁
나.

'내가 건너가면 되지. 너는 거기서 기다리면 되는데.'

혜빙의 눈빛이 단단해졌다. 오늘은 반드시 선을 붙잡아 속내를 털어놓고 이야기 나눠 보리라.

오랜만에 서월루 서별채에서 오수다가 열렸다. 독자 반응도 살필 겸 미리 낭독해 보자는 백 행수의 권유에, 혜빙이 한창 쓰고 있는 작품 앞부분을 낭독했다. 혜빙과 선의 이야기에서 발상한 애정소설이었다. 예상대로 청중의 반응은 불이라도 지핀 듯 뜨거웠다.

"그렇죠. 소설에나 있을 법한 아니, 소설이라 해도 상상하기 힘든 이야기죠."

"하지만 소설은 현실의 반영이기도 하잖아요. 궁궐에서는 서로 정인인 궁녀들도 있다면서요? 지엄한 궐에서도 그런 일이 생기는데……."

"그건 궁궐이라는 특수한 공간, 궁녀라는 특별한 이들 경우 아닐까요?"

"그러니 없는 일도 아니죠. 언젠가 세자빈마마와 궁녀도 그런 적 있다면서요? 궁녀끼리 사통했다고 장 백 대 맞고 쫓겨난 이도 있다 들었고요."

"세상에! 말이 장 백 대지 그거 맞고 살아남았겠어요? 폐위된 세자빈도 결국 친정아버지 손에 죽었다죠. 그 아버지도 자살했고요. 여인끼리 사랑한다면 결말은 비극일 수밖에 없어요!"

별채 안의 공기가 활활 타올랐다. 너도나도 자기 생각을 거리낌 없이 쏟아 냈다. 세자빈이든 중전이든, 세자나 왕만 바라보고 살아야 하는 궁의 여인들 중 하나일 뿐이다. 자신에게 무관심한 남편보다 정성껏 돌봐 주는 궁녀와 더 가까울 수 있지 않나? 그렇다고 여인끼리 연정을 느낄 수 있나? 집안에 화가 미칠까 봐 먼저 나서서 딸을 살해한 아버지는 말이 되나? 자신의 행위가 가문의 안위와 직결되는 연좌제의 시대 아닌가? 어느 집안 누구로 존재할 수밖에 없는 세상에서, 세자빈 때문에 가문까지 몰락하게 돼야 한단 말인가? 그 말은 강상의 도리가 인륜보다 앞선다는 얘기인가?……

소설의 감상에서 시작된 이야기가 강상과 인륜, 신분과 제도에 대한 토론으로 번졌다. 분위기가 궁궐의 경연을 방불케 했다.

"반상의 구별, 남녀의 구별이 법인 걸요. 법과 세상이 그런걸요."

"서책에서 봤는데 세상 모든 나라가 신분이라는 질서로 사람을 줄 세우지는 않는대요. 양반이니 평민이니, 여자니 남자니 하는 걸 내가 고를 수 있는 것도 아니잖아요."

"신분이나 성별의 차이뿐 아니라 힘의 차이, 생각의 차이도 있죠. 그 차이가 차별로 이어진다면 과연 좋은 세상이라 할 수 있을까요?"

"누가 들으면 큰일 날 소리를."

자칫 밖으로 새 나가면 위태로울 말도 나왔다. 열기가 치솟던 방 안에 잠시 침묵이 흘렀다. 지금 세상은 어떠한가, 새삼 가늠해 보는 표정들이었다. 어떤 이는 고개를 젓고, 어떤 이는 천장을 올려다보고, 어떤 이는 혜빙이 앉은 발 쪽을 힐끗 보았다. 이제까지 가만히 듣고만 있던 아란이 나섰다.

"자, 숨도 돌릴 겸 이야기를 되돌려 볼까요? 여인끼리의 연정에 대해 소설을 낭독하신 얼음꽃님 생각은 어떠신지요?"

혜빈은 자신에게 되돌아온 질문에 답하기 위해 곰곰 말을 골랐다.

"참석자의 하나로 순수한 제 생각을 물으신다면 음, 일단 연모란…… 정신 차리고 보니 물들어 있는 그런 거라고 생각해요. 나도 모르게 이끌리고 나도 모르게 빠져드는……."

하루하루 같이 먹고 같이 자고 함께 하다 보니, 어느 순간 서로에게 물들어 버린 혜빈과 선처럼.

"그런 대상에 남녀 구별이 있을까 싶어요. 신분의 귀천도 마찬가지고요. 이야기책들만 봐도 세상에는 수많은 사랑이 있죠. 귀하디귀한 왕자와 상극의 신분인 의녀가 연모하고, 왕의 여인이라는 궁녀가 다른 사내나 여인에게 빠져들기도 해요."

혜빈은 저 자신에게, 선에게도 하고픈 말을 차분차분 입에 담았다.

"세상에 깨어지거나 짓밟혀야 마땅한 연정은 없지 않을까요? 남녀 사이든, 여자끼리든, 신분이 서로 다르든 말이죠. 그 무엇보다 사랑하는 마음이야말로 가장 소중하고 특별한 게 아닐까, 저는 생각합니다."

오수다 아니면 어디서 이런 이야기를 할 수 있을까. 누구나 생각을 자유롭게 드러내도 되는 곳. 그만큼 귀하고 값진 자리였다. 어쩌면 이 자리가 금지된 벽에 부딪히게 하는 단초가 될 수도 있지 않을까. 도중에 나가떨어질 수도 있지만 부딪히고 부딪히다 보면 벽에 금이 갈 수도 있지 않을까. 나아가 그 벽이 무너지는 날도 오지 않을까.

그때 누군가 새삼 깨달았다는 듯 말했다.

"그러고 보니 여기도 신분의 귀천이 사라진 자리네요."

아, 하며 감탄하는 소리. 그렇네요, 하고 동조하는 소리들이 뒤따랐다.

"그래서 더 각별하고 의미 깊은 것 같아요. 오수다는 제게 익숙한 걸 낯설게 보게 해 줘요. 생각해 보지 못한 것들을 생각하게 돼요."

"얼음꽃님 말씀 듣고 보니, 저도 연모 덕분에 더 특별한 사람이 됐다는 생각이 들어요. 신랑과 혼인하기까지 과정이 만만치 않았답니다."

"저도 여기서만큼은 속엣말을 맘껏 할 수 있어 좋아요. 이제는 세상이 그러니까 하고, 그냥 받아들여 견디기 싫어요. 뭐라도 하고 싶어요. 돌 하나 던진다고 강물이 메워지지는 않을 테지만 일렁이게 할 수는 있잖아요?"

혜빙의 가슴이 감동으로 벅차올랐다. 자신의 글에서 비롯된 작은 불씨 하나가 생각의 변화를 일으키고, 사람들 마음의 불길로 번져 나간다. 말과 글의 힘은 강하다. 견고한 모순투성이 세상에 작은 균열 하나라도 낼 수 있다. 던져진 돌 하나로 일렁인 물결은 더 깊이 더 넓게 퍼질 수 있다. 물론 도중에 가로막히거나 되돌아갈 수도 있다. 그래도 사람들의 생각은 조금씩 나아간다.

그렇게 나아가고 나아가다 보면 더 나은 세상에 닿아 있지 않을까. 오늘이 아니면 내일, 내일 아니면 먼 훗날에라도. 그래서 언젠가 여인들의 사랑이 허물이 아닌 세상도 오지 않을까?

"얼마 전 『중용』을 읽었는데 이런 글귀가 있더군요. 작은 일에도 정성을 다하면 사람들을 감동하게 하고 옳은 변화를 이끄니 마침내 사람과 세상을 변하게……."

갑자기 다급하게 문 두드리는 소리가 들렸다. 하던 말을 멈추고 일어나 나갔던 아란이 곧바로 혜빙을 불러냈다. 문밖에는 검은 무복 차림의 여인이 서 있었다.

"무슨 일……."

혜빙이 미처 묻기도 전에 아란이 대답했다.

"방 판사 나리가 납치당한 거 같다 합니다."

"네?"

혜빙의 숨이 멎었다. 머릿속이 하얗게 바랬다. 휘청거리는 혜빙을 아란이 재빨리 부축했다. 혜빙은 멍한 눈으로 행수와 검은 옷의 여인을 번갈아 보았다.

"그게, 무슨……."

"이 아이는 제 사람입니다. 방 판사께서 장정들에게 끌려가는 걸 봤다 합니다."

"대체…… 누가……?"

혜빙은 겨우 입을 달싹이며 정신을 가누려 애썼다.

"일단 뒤를 밟아 나리가 끌려가 갇힌 곳을 알아 놓고, 이리 달려

왔답니다."

혜빙이 황급히 방 안으로 들어갔다. 자신이 앉았던 자리로 가서 무언가 챙겨 들고 후다닥 나왔다. 방 안에 모여 앉은 이들이 뒤에서 웅성거렸다. 그대로 마당으로 뛰어내리려는 혜빙을 아란이 붙잡았다.

"어디 가십니까? 그걸로 무얼 하시려고요?"

아란의 물음에 혜빙은 자신의 손에 들린 자수바늘 쌈지를 보고 놀랐다. 무얼 하려는지 스스로도 몰랐던 행동이었다.

"포청에 먼저 고하시지요. 제 사람을 시킬까요?"

순간 멍했던 혜빙의 눈이 또렷해졌다. 고이려는 눈물을 꾹꾹 삼키며 고개를 저었다.

"벼슬아치를 납치하다니. 만만한 자들이 아닙니다. 포청에 고해 도움을 받으세요."

"포도청은 안 돼요."

그러다 몸 뒤짐이라도 당하면? 자칫 밝혀져선 안 되는 게 탄로 나면 그 애는 끝이에요. 입에 올리지 못하는 말 대신 눈에서 후둑 눈물이 떨어졌다.

"제가…… 제가 가야 해요."

저를 보는 아란의 눈빛이 묘해졌지만 혜빙은 신경 쓸 겨를이 없었다. 그저 검은 옷의 여인에게 매달렸다.

"어디로 끌려갔는지만 알려 주세요."

그러자 아란이 어쩔 수 없다는 듯 제안했다.

"정 그러면, 우리 아이들이 돕게 해 주시겠습니까?"

혜빙은 고맙단 말도 제대로 못 하고 뛰어나갔다. 아란의 지시를 받은 서월루의 그림자 무사들이 그 옆에서 함께 달렸다.

구출

선은 문득 고개 들어 주변을 둘러보았다. 근무를 마치고 퇴궐해 돌아가는 길이었다. 생각에 빠져 걷다 엉뚱한 길로 접어든 모양이 었다. 제 마음을 어쩌지 못해 혜빙과 거리 두기 시작한 뒤로 세상 이 온통 흐렸다.

선은 한숨을 길게 쉬고는 되돌아가려고 몸을 돌렸다. 순간 싸늘 한 기운이 몸을 훑고 갔다. 또 누군가 따라붙은 느낌. 어떨 땐 옆을 지나친 이가, 어떨 땐 시전 상인이, 어떨 땐 숨은 눈길이 몰래 자신 을 지켜보는 기분. 언제부터인지는 몰라도 눈길은 선이 가는 곳마 다 끈질기게 따라다녔다.

선은 걸음을 빨리했다. 뒤따르는 발소리도 빨라졌다. 들킨 걸 알 았는지 기척을 감추려고도 않고 뒤쫓아 왔다. 그것도 하나가 아니 라 여럿. 선은 등골이 오싹했다. 시선 몰리는 건 질색이라 다른 당상관들처럼 교자를 타고 다니지 않은 걸 처음으로 후회했다. 북방에서 기습당했던 기억도 떠올랐다. 날아오는 화살을 피하다, 말에서 떨어진 저를 보고 달려온 고을 사람들 아니라면 목숨을 잃었을지도 모른다. 그때 화살이 스친 어깨는 지금도 이따금 욱신거렸다.

선은 뻣뻣해진 다리를 억지로 움직이며 저들을 어떻게 따돌릴지 생각했다. 뛰다시피 하니 금세 숨이 차올랐다. 숨 돌릴 새도 없이 뒤쫓는 자들이 바짝 따라붙었다.

"헉!"

순식간에 팔이 붙들리고 눈이 천으로 가려졌다. 공포가 몰려왔다.

이번엔 정말 끝인가. 목숨이 끊어지면 무거운 추가 매달린 가슴도 가벼워질까. 이왕이면 고통 없이 단칼에 숨이 끊어지기를……. 사나운 손들에게 끌려가며 선이 바란 건 그거 하나였다. 끝이라 생각하자 보이지 않는 눈앞에 혜빙이 보였다. 뼈아픈 후회가 밀려왔다.

고백이라도 할 걸, 다시 못 볼 줄 알았으면 조금이나마 더 함께할 걸, 마음을 오롯이 받아들이고 내어 줄 걸. 미안해, 혜빙. 내가 미련했어. 미안해. 우리 다음 세상에서 꼭 다시 만나자.

그때였다. 난데없는 고함 소리가 선의 머릿속을 후려쳤다.

'정신 차려! 이리 쉽게 포기한다고? 그럼 너를 영원히 용서 안 할 거야!'

서릿발처럼 울리는 혜빙 목소리에 선의 정신이 번쩍 돌아왔다.

아, 혜빙을 두고 내가 이대로 저승 문턱을 밟으려 하다니! 별안간 선의 입이 트였다.

"살려 주시오! 도와줘요!"

선은 목 놓아 소리치며 발버둥 쳤다. 애타는 목소리가 허공으로 흩어졌다.

"제발 누구라도……."

소리치는 선의 입속으로 천 뭉치가 쑤셔져 들어왔다. 단박에 호흡이 막혀 캑캑거렸다.

무지막지하게 끌려가며 선은 주변을 살피려 애썼다. 보이지 않고 말할 수 없으니 감각과 소리에 집중했다. 발부리에 채인 건 나무뿌리, 발밑에서 바스락거린 건 낙엽 부서지는 소리 같았다. 코로 스며드는 약간의 습기, 뺨을 스치는 찬바람. 가만, 이 삐걱임은 나무 문 열리는 소리……. 그렇게 선은 어딘가로 끌려 들어가 바닥에 내팽개쳐졌다. 멀리서인 듯 새 우는 소리가 들렸다.

"벗겨 봐."

어떤 목소리가 들리고 선의 팔과 상체를 함께 묶었던 줄이 잘려 나갔다. 다음 순간 관복의 옷고름이 풀려 나갔다. 뒤늦게 깨닫고 선의 얼굴이 하얗게 질렸다.

'안 돼!'

선은 죽을힘 다해 몸부림쳤다. 하지만 금세 거친 손들에게 팔다리가 붙들렸다. 그사이 관복이 벗겨졌다. 몸을 비트는 선의 입술 새로 고통스런 신음이 새 나왔다. 누군가의 숨결이 선의 얼굴에 와

닿았다. 그 순간 선은 온 힘 다해 머리를 박아 버렸다.

"윽!"

비명과 함께 선의 몸에 닿았던 손이 떨어져 나갔다. 선도 머리가 띵 울리고 깨질 듯한 고통이 찾아왔다. 제 코에서 주르륵 흐른 건 피일 것이다. 상대도 얼굴에 적지 않은 충격을 받았겠지. 그도 잠시 거칠게 저고리 고름 뜯겨 나가는 소리가 들렸다. 곧이어 벌어질 일을 예감하며 선은 절망했다. 그때였다.

"쾅!"

문짝이 떨어진 듯 요란한 소리가 났다.

"흐억!"

느닷없는 비명, 무언가 날아오는 소리, 바람 가르는 소리, 여럿이 뛰어 들어오는 소리, 칼과 칼이 부딪치는 소리, 기합 소리 들이 정신없이 뒤섞였다. 환청도 들렸다.

"서방님!"

혜빙 목소리였다. 선은 벗겨진 옷가지를 더듬더듬 추슬러 제 몸을 단단히 가렸다.

밖으로 뛰쳐나가는 듯한 소리, 쫓아라! 소리치는 목소리, 어지러운 발소리들이 멀어지며, 선의 눈가리개가 벗겨지고 입에 물린 재갈이 풀렸다.

선은 눈을 끔뻑거리며 제 앞의 희뿌연 환영을 보았다. 혜빙과 닮아 있었다.

"앗, 코피!"

환영이 말했다. 찢어 낸 손수건 자락이 선의 콧구멍을 막았다. 얼굴의 핏자국이 닦이는 사이에도 선은 눈앞의 형상만 멍하니 보았다.

"다른 데는? 또 다친 데 없어?"

"진짜, 혜빙이야?"

선의 몸 구석구석을 살피고 있는 건 혜빙이 틀림없었다. 그제야 선의 눈동자에 사라졌던 빛이 돌아왔다.

"어, 어떻게 알고……?"

혜빙이 선을 와락 끌어안았다. 맞닿은 가슴으로 쿵쿵, 들리는 혜빙의 심장 소리도 진짜였다.

"네가, 네가 잘못됐을까 봐 나는……"

혜빙이 말을 잇지 못하고 울먹였다. 선은 감각이 돌아오지 않은 팔로 천천히 혜빙을 마주 안았다. 입으로 나와 주지 않는 말 대신 혜빙의 등을 어루만졌다.

네가 와서 정말 기뻐. 구하러 와 줘서 고마워. 나는 정녕 운이 좋아. 변함없이 네가 함께 있으니.

"사람을 이 꼴로 만들어 놓다니, 대체……"

혜빙이 치미는 울분에 말을 흐렸다. 선의 얼굴은 퉁퉁 부은 코 주변이며 혹이 난 이마까지 피투성이였다. 사모가 사라진 상투머리는 산발이 되어 있었다.

검은 옷 입은 무사들이 오두막으로 다시 돌아왔다. 난데없는 여검객들의 등장에 선의 눈이 동그래졌다. 무사 하나가 혜빙에게 말했다.

"달아났습니다. 까마귀들이 쫓고 있으니 배후를 알아낼 수 있을 겁니다."

"단단히 신세를 졌네요. 고맙습니다."

정중히 인사하는 혜빙을 따라 선도 깊숙이 고개를 숙였다. 무사가 마주 인사하며 무덤덤하게 대꾸했다.

"행수님 지시에 따랐을 뿐입니다. 댁까지 호위하겠습니다."

선과 혜빙이 집에 당도할 때까지 지켜 주던 무사들이 돌아갔다.

유모는 선의 몰골을 보고 놀라 자초지종을 듣기도 전에 통곡부터 했다. 선의 얼굴과 몸의 상처들을 닦아 내고 약을 발라 주면서도 연신 훌쩍거렸다. 유모가 나가자마자 혜빙이 참았던 물음을 쏟아 냈다.

"누구 짓 같아? 아까 그놈, 네 옷 벗기려던 거 맞지? 내 바늘 화살에 고슴도치가 된 놈."

하아, 선은 숨을 깊게 몰아쉬었다. 혜빙의 질문이 거푸 날아왔다.

"사내를 납치해 옷부터 벗기려 했다? 이게 뭘 뜻하는지 알지?"

선은 다시 한 번 긴 숨을 뱉었다. 숨이 꼬일 대로 꼬인 듯 가슴이 답답했다.

"누가, 어떻게 눈치챈 걸까? 아니, 아직은 의심이니 확인하려 한 걸 테지."

방 안의 무거운 공기를 헤치고 혜빙이 혼잣말하듯 중얼거렸다.

"포청에 고하는 것도…… 안 되겠지? 일단 증거도 없고……."

포도청에서 본격 수사가 시작돼 이 납치의 목적이라도 밝혀진다면 누구보다 선이 위험해진다. 혜빙이 답답한 듯 주먹으로 가슴을 콩콩 두드리다 돌연 눈을 빛냈다.

"서월루 까마귀들 실력은 최고라니까 배후를 알아내는 건 시간문제일 거야. 두고 봐, 음모와 함정의 재미는 반전이지. 배후만 알게 되면……."

말을 하다 말고 혜빙이 문득 선을 보았다.

선은 내내 생각에 빠져 있었다. 내 정체를 의심하는 자가 있다. 누굴까? 자신을 밀어내고 싶어 하는 조정 관료들만 해도 차고 넘친다. 그 한 사람, 한 사람이 눈앞을 스치고 지나갔다.

"너 어딘가 달라 보인다?"

선의 이마와 뺨의 불긋불긋한 상처들, 부드럽지만 꿋꿋해 보이는 턱선, 깊이를 알 수 없는 새까만 눈동자를 혜빙이 빤히 들여다보았다.

"상처가 나서 그런가? 어째 훨씬 사내 같은걸?"

농담처럼 던지며 혜빙이 선 앞으로 경대를 밀어 주었다. 혜빙의 재촉에 선이 경대를 들여다보았다. 심하게 부어 오른 콧대, 여기저기 상처와 흉터들이 그래도 무사했다는 표식 같았다.

혜빙이 씩 웃으며 경대를 치우고는 선의 얼굴을 두 손바닥으로 살며시 감쌌다.

"그거 알아? 다른 사람이 알아봐 주는 만큼 수많은 자신이 존재

한대."

혜빙은 제 코끝을 선의 코끝에 툭, 갖다 대었다 떼며 마저 속삭였다.

"내가 보는 네가 그래. 수많은 모습이 있는데 지금은 아주 용감한 너야."

선은 얼굴에 와닿는 혜빙의 숨결이 제 상처들을 하나하나 매만지는 기분이 들었다.

'너야말로 수많은 모습으로 한결같이 내 편에 서 주면서……'

약
속

하늘에서 하얀 송이들이 꽃가루처럼 흩날렸다. 눈 세상 속에 그린 듯 서 있는 혜빙에게도 눈꽃이 내려와 앉았다. 나붓나붓 머리 위에 나붓나붓 어깨 위에.

혜빙한테 가다 말고 발을 멈춘 선의 마음도 나붓나붓 흩날렸다. 혜빙이 고개를 돌렸다. 눈이 마주쳤다. 기다렸다는 듯 그 얼굴에 미소가 피어났다. 눈꽃들의 세상에 핀 얼음꽃처럼 혜빙이 반짝였다.

세상이 온통 희푸르스름한 빛으로 번져 가는 저물녘, 선과 혜빙은 거리를 두고 마주보며 서 있었다.

먼저 발을 뗀 건 혜빙이었다. 한 걸음, 한 걸음 선에게 가까이 왔다. 혜빙은 언제나 그랬다. 선이 아무리 밀어내도 멈추지 않고 다가왔다. 애써 경계선을 그어도 그 너머로 변함없이 발을 내디뎌 그것을 부질없게 만든다. 그래, 혜빙은 선보다 강했다. 그러니 선은 속절

없이 지고 만다.

혜빙은 선을 웃게 만들고 편안하게 한다. 더없이 가슴 뛰게 하는 사람이기도 했다. 한때 선의 오라비가 그랬듯, 혜빙은 어느새 선의 세상이 되었다. 한 번 잃어 아득했던 그 절망을 두 번은 겪고 싶지 않았다. 그건 자신이 뿌리째 흔들리던 상실감이었다. 선은 이제 더는 제 마음을 속일 수 없었다. 메마른 자신에게 한순간 스며들어 마음 가득 품게 만든 벗. 이제는 가족이자 연인이자 자신의 숨이 되었음을.

혜빙이 선 앞에 와 멈춰 섰다. 그 눈썹이 눈에 젖어 있었다. 선은 손끝으로 혜빙 눈썹의 물기를 부드럽게 닦아 냈다. 혜빙이 얼굴을 기울였다. 선은 눈을 깜빡였다. 둘의 입술이 살짝 맞닿았다 떨어졌다. 선은 저절로 감겼던 눈을 떴다. 머릿속이 텅 비었다. 무언가 마구 일렁였다. 낯설지만 싫지 않은 들썩임……

선은 저도 모르게 손을 들어 혜빙의 뺨을 감쌌다. 그 입술에 제 입술을 다시 맞대었다. 제 몸이 제 것이 아닌 것 같았다. 아찔한 향기가 숨결을 타고 건너왔다. 차갑고도 뜨거운 숨결이 자신의 것인지, 혜빙의 것인지 도통 알 수 없었다. 움직이는 거라곤 하염없이 내리는 눈밖에 없었다.

눈으로 덮여 가는 후원, 날은 추웠지만 서로의 입술은 따뜻했다. 입술이 떼어지고 말없이 얼굴을 마주보았다. 혜빙이 빙긋 웃었다. 그 뺨이 발개진 걸 선은 보았다. 아마 제 얼굴도 다르지 않으리라.

혜빙이 선의 손가락 사이사이 제 손가락을 넣어 깍지를 꼈다. 마음은 얼굴에서 얼굴, 입과 입, 손끝에서 손끝으로도 오간다는 걸 선은 알았다. 그렇게 몸으로 마음으로 서로에게 섞이며 깊이 스며든다는 것을. 손을 잡고 후원을 거니는 두 사람의 귓가에 서늘한 바람 소리가, 눈앞에는 하늘하늘한 눈꽃들이 나부꼈다.

선은 지금 이 순간이 낯설었다. 그리고 좋았다. 태어나 처음으로 느낀 감정, 지금의 풍경, 향기, 감촉, 소리……. 모든 걸 영원히 잊지 못하리라는 걸 알았다. 설레고 두려웠다. 조심스러운 고백이 흘러나왔다.

"너와 함께하는 이 순간이 좋아. 너무 행복해서…… 오히려 불안해."

"고단했던 네 삶에 대한 선물이라고 생각해. 하늘이 외로운 네게 나를 보낸 걸로."

혜빙답게 천연스러운 대꾸가 선의 불안을 살포시 감싸 안았다.

"우린 앞으로도 모든 날, 모든 순간 함께할 거야."

하염없이, 하염없이 내려오는 눈. 희뿌연 세상은 마치 신기루 같았다. 혜빙이 말하는 앞날도 속절없이 흩어져 버릴 거 같았다.

"한 가지만 약속해 줘."

선의 목소리가 눈밭에 잠길 듯 가라앉았다.

"혹 내게 무슨 일이 생겨도…… 너는 어떻게든 살아남겠다고."

혜빙이 눈을 크게 떴다. 웬 생뚱맞은 소리냐는 듯.

"뒤도 돌아보지 말고 살길을 찾아. 내가 여인임을 몰랐다고 하든, 내 협박에 어쩔 수 없었다고 하든……."

선의 말은 더 이어질 수 없었다. 혜빙이 손으로 입을 막아 버렸기 때문이다.

"무슨 호랑이가 풀 뜯어먹는 소리를……."

혜빙이 중얼거리더니 선을 후원의 누각으로 이끌었다. 계단을 올라 서로 어깨와 머리의 눈을 털어 주고 나란히 앉았다. 누각 기둥에 기댄 채 눈으로 덮이는 세상을 바라보다 혜빙이 말했다.

"우리 지금이라도 멀리 떠날까? 지난번 북방 안찰어사로 갈 때 네가 그랬잖아. 아예 그곳 수령으로 눌러앉아 도성에서 멀어지는 길을 모색하겠다고. 이참에 관직을 내놓고 물러나 먼 시골로 가는 건 어때?"

선은 잠시 머뭇거리다 고개를 저었다.

"지금은 어려워."

"이대로 계속 지내는 건 위험해."

"……그래도 아직은 떠날 수 없어."

"나 때문이라면 괜찮아. 너 먼저 가서 자리 잡고 있으면 내가 여기 일 정리하고 뒤따라갈게. 거기서 새로 시작하면 돼."

애초 선의 계획도 그거였지만, 아버지 일을 밝혀낸 다음이라는 전제가 있었다. 지금은 조정을 떠날 수 없었다.

"이번에는 대왕께서 받아들일 수밖에 없는 핑계를 제대로 만들자고. 병이 깊어 휴양이 필요하다거나……."

혼자 앞서 나가는 혜빙을 말리느라 선은 하는 수 없이 말을 꺼냈다.

"뭐 좀…… 알아보고 있는데 마칠 때까지만 기다려 줘."

혜빙이 고개를 갸웃했다.

"그게 뭘까? 네 안전보다 중요한 그 일이?"

혜빙이 선의 눈을 뚫어져라 보았다. 선은 혜빙의 집요함을 잠시 잊은 자신을 책망했다.

"섭섭한데? 방선이 영혜빙한테 비밀을 만들다니. 와, 배신감."

혜빙이 짐짓 뾰로통한 표정을 지었다. 선은 혜빙의 시선을 피하며 말을 돌렸다.

"너도 알잖아. 지금 윗대가리 관료들이 권력을 틀어쥐고 나랏일을 좌지우지하는 거. 때문에 힘없는 백성들만 고달프고. 대왕께서 그에 맞서 어떻게든 인재를 키우고, 백성을 위한 정책을 펼치려 애쓰고 계셔. 이럴 때 나 같은 신하 하나라도 더, 곁에서 힘이 되어 드려야지 않겠어?"

듣고 있던 혜빙이 흥, 콧방귀를 뀌었다.

"솔직히 말해 봐, 방선. 아니, 방관주 나리."

혜빙이 똑바로 선에게 눈을 맞춰 왔다.

"수많은 관리의 하나일 뿐인 방관주가 없다고 조정이 무너져? 나라가 엉망 되기라도 해? 너, 사실은 벼슬 놓을 마음이 없는 건 아냐? 사내들 세상에서 한자리 차지하니 점점 더 욕심이 생긴 건 아니야?"

혜빙의 날카로운 지적이 선의 마음 어딘가를 아프게 찔렀다. 있는지도 몰랐던 자신의 욕망 하나가 이 순간 불쑥 모습을 드러냈다.

오라비 대신 사내가 되었다. 작은 벼슬이라도 얻어 가문을 일으키고, 오라비가 하려던 일을 대신하고, 오라비 이름을 세상에 남기고도 싶었다. 그런데 왕에게 인정받고, 조정에서 자리를 조금씩 넓혀 가는 자신에게 욕심이 나지 않았다면 거짓일 것이다. 이대로 계속 살아도 되지 않나? 하는 마음이 슬금슬금 고개를 쳐들었다.

"네 마음을 한번 솔직하게 들여다보지 그래? 네가 진정 바라는 게 뭔지."

꿰뚫어 본 듯한 혜빙의 말에 선은 마음 밑바닥까지 속속들이 들킨 기분이었다.

"원하는 걸 다 가질 순 없어. 지금 손에 쥔 걸 놓기 싫다면 네 마음을 속이지 말고 전면에 나서면 되겠지. 그 탐욕스런 관리들처럼 수단 방법 가리지 말고. 하지만 그게 아니라면……."

선이 어색하게 눈을 피하자, 혜빙의 손이 선의 얼굴을 다시 제 쪽으로 돌렸다. 어딘가를 헤매던 눈동자가 마지못해 혜빙을 마주보았다. 선은 입을 우물거리다 그대로 다물었다. 하고픈 말은 많지만 할 수 없었다.

"미안해. 내게 조금만 더 시간을 줘."

선은 이 말밖에 할 수 없었다. 혜빙이 후우, 작게 숨을 내쉬더니 마지못한 듯 고개를 끄덕였다.

선은 혜빙의 뒤로 보이는 저물녘 하늘로 눈을 돌렸다. 세상은 여전히 희뿌옇고 아슴아슴했다. 마치 한순간에 사라져 버릴 아름다운 꿈처럼.

물증

소리 없이 방문이 열렸다 도로 닫혔다. 그사이 그림자 하나가 안으로 재빨리 스며들었다. 그림자는 서둘러 방 안쪽의 문갑부터 뒤져 나가기 시작했다.

방 주인의 성품처럼 실내는 소박했고, 이렇다 할 귀중한 물건도 보이지 않았다. 그나마 눈길을 끈 거라고는 종이함에 든 작은 꽃신 한 켤레. 그걸 본 그림자의 눈이 가늘어졌다. 오래되었지만 소중히 간직한 티가 나는 꽃신이 어쩐지 눈에 익었다.

'아, 그거로군.'

열 살 무렵의 방관주 도련님이 그림 그려 번 돈으로 여동생에게 사 주었던 생일선물. 꽃신을 받고 좋아하던 자그마한 계집애. 그때 방선이 웃던 모습이 눈앞에 보였다. 꽃신처럼 귀엽고 사랑스럽던 아기씨였다. 꽃신을 주며 방관주가 했던 말도 떠올랐다.

"좋은 신은 좋은 곳으로 데려다준대."

허황된 말을 들었던 그때처럼 부성은 입을 삐죽거렸다.

"칫, 그래서 고작 데려간 곳이 저승인감?"

그때만 해도 머지않아 네 식구 중 단 하나만 세상에 남겨질 거라고 누가 상상이나 했으랴? 그 한 사람을 옭아맬 물증을 찾느라 자신이 방 뒤짐을 하게 되리라는 건?

"세상일이란 게 참……."

얄궂다, 생각하며 부성은 이 집의 단란했던 한때를 상징하는 꽃신을 제자리에 돌려놓았다.

문갑을 대충 훑고 나서 서안을 뒤지던 부성의 눈이 다시 가늘어졌다. 새 붓, 새 먹, 새 연적 들이 차곡차곡 놓인 서랍 맨 밑바닥에서 봉투 하나가 나왔다. 결 좋은 재질의 두툼한 봉투는 단단히 밀봉되어 봉함인(편지를 뜯어보지 못하도록 봉투에 찍는 도장)까지 찍혀 있었다.

부성은 봉투를 들어 창문에 대고 빛에 비춰 보았다. 무언가 은밀하고 중요한 내용이 담겼으리라는 느낌이 왔다. 부성은 서안 위의 편지 칼로 봉투의 끝부터 살살 뜯어 나갔다.

"혼인…… 서약서?"

빠르게 읽어 내리는 눈동자가 번들거리기 시작했다. 종이를 봉투에 도로 넣고 품속에 집어넣는 부성의 입가에 비틀린 웃음이 배었다.

몇날 며칠, 이 집 주변을 어슬렁거린 끝에 겨우 잡은 기회였다. 그

사이 새로 들였는지 호위 무사까지 붙어 방관주에게는 접근조차 어려웠다. 드디어 오늘 아침, 방관주가 호위와 함께 입궐하고 부인도 외출하는 걸 보고 담을 넘었다. 그동안 그 높은 분이 내어 주겠다 한 보수가 날아갈까 봐 가슴이 타들어 가다시피 했다.

부성은 품속을 갈무리하고 도둑고양이처럼 사랑채를 빠져나왔다. 들어올 때 타 넘은 담벼락 쪽으로 잽싸게 발을 놀렸다. 그때였다.

"거기…… 누구요?"

부성의 몸이 흠칫 굳었다가 스르르 풀렸다. 귀에 익은 목소리였다. 부성은 잠시 멈췄던 발을 떼어 그대로 담을 넘었다.

"저, 저……."

휙, 그림자가 담 밖으로 사라지자 유모가 그 자리에 털썩 주저앉았다. 쿵쾅거리는 가슴에 손을 얹고 한참 숨을 골랐다. 그러곤 뒤늦게 그 뒷모습을 떠올리며 고개를 갸웃거렸다.

"혹시? 에이, 설마……."

퇴궐해 돌아오던 신엽은 대문 앞에서 문지기와 옥신각신하는 사내를 보았다.

"급한 일이라고요! 당장 뵈어야 한다니까요!"

"허 참, 대감마님은 아직 퇴궐 전이시라니까."

"그럼 어디로 가면 뵐 수 있을까요? 중요한 물건이라 빨리 전해야 하는데……."

"맡기고 가게. 오시면 전해 드릴 테니."

"안 됩니다! 직접 드려야 합니다!"

염은 사내가 어쩐지 수상쩍었다. 조급하게 구는 것도, 아버지만 찾는 것도, 물건을 맡기란 말에 펄쩍 뛰는 것까지.

"어떤 물건이기에 그러는가? 아버님은 오늘 늦으실 텐데."

염이 물으며 다가가자 사내가 고개를 돌려 염을 흘깃거렸다.

"이제 오십니까, 나리."

염은 문지기의 인사에 고개로 답하며 사내를 바라보았다. 평소 싸늘해 보이는 염의 눈빛 탓인지 사내가 움찔, 어깨를 움츠렸다. 초조한 듯 입술을 달싹이고 눈동자는 불안하게 굴러다녔다. 사내의 가슴께로 올라가 있는 손은 거기 무언가 중요한 물건이 있다고 말해 주었다.

"아버님 오실 때까지 기다리든가 아니면 내게 주고 간다면 돌아오시는 대로 전해 드리지."

염의 권유에도 사내는 우물쭈물 망설였다. 염은 시선을 거두고 사내를 지나쳐 대문 안으로 발을 디밀었다. 그러자 미련을 못 버린 듯 사내가 뒤에서 물었다.

"저어, 그니까…… 아드님 되시나요? ……대감마님은 오늘 많이 늦으실까요?"

염은 고개를 돌려 한 번 끄덕여 주었다.

"중요한 물건을 전해 드리고 약속하신 보수를 받아 가야 하는데……."

염은 그제야 돌아서 사내를 마주보았다. 사내가 긴장한 듯 혀를 내밀어 제 입술을 핥았다. 염이 말없이 보고만 있자 사내가 결심한 듯 입을 열었다. 그 목소리가 눈에 띄게 비굴해졌다.

"대감마님께서…… 제가 무언가를 찾아오면 은자를 내어 주시겠다 하셨습니다요."

사내가 품에서 꺼내는 종이봉투를 보는 순간 염에게 어떤 직감이 스쳤다. 염의 미간이 살짝 찌푸려졌다. 그걸 못마땅함으로 읽었는지 사내가 주춤하다 작은 소리로 덧붙였다.

"대감마님께서 원하시던…… 누군가의 약점이 될 물건입지요."

더 듣지 않아도 염은 알 수 있었다. 아버지가 유독 거슬려 하고 끌어내리려 하는 이가 떠올랐다.

"그 누군가가 중추원 판사 방관주인가?"

"예? 어, 어떻게?"

질겁하는 사내의 모습만 봐도 대답이 되었다.

"아들이지 않나? 받아 두었다 아버님 돌아오시자마자 직접 전해 드리겠네. 아버님께 약속 받은 금액도 내가 내어 주지."

염은 하인을 불러, 사내가 말한 금액에 웃돈까지 얹어 주라고 일렀다. 두둑한 돈을 받고 눈과 입이 한껏 벌어진 사내가 돌아가자 염은 자신의 거처로 들어왔다.

갈라진 인장 자국에 눈길을 주다가 염은 봉투를 열었다. 그 안에서 나온 종이를 읽어 내리는 염의 표정이 시시각각 달라졌다.

"이게 무슨…… 겉보기엔?"

손에 쥔 종이가 가늘게 떨렸다. 이름이 정확히 쓰이진 않았어도 혼인서약서의 주인공은 방관주와 영혜빙이 틀림없었다. ㅎ은 혜빙. 그럼 ㅅ은? 왜 ㄱ이 아니지?

"사내 노릇……. 각자 정인을……. 설마?"

돌연 어떤 깨달음이 염을 훑고 갔다. 한때 방관주 뒷조사를 했던 수하가 입에 올렸던 이름.

'부제학에게 여동생이 하나 있었답니다. 방선이라고. 한데 죽었다고 합니다…….'

방관주의 여동생 방선, ㅅ! 그렇다면…… 염은 심장이 멎는 줄 알았다. 처음엔 충격, 그다음엔 다시 마음에 와락 일고 만 설렘으로. 그러니까 너무 좋아도 숨이 안 쉬어지는 모양이었다.

방관주가 방선이고 두 여인이 모종의 계약 관계라면…… 이 혼인서약서도 말이 된다……. 그때 불현듯 떠오른 생각이 뒤통수를 쳤다. 염은 벌떡 일어나 뛰쳐나갔다. 손에는 어느새 검이 들려 있었다. 염은 집 대문 밖으로 이어지는 길들을 둘러보다 굵고 높은 나무 위로 올라갔다. 사방을 훑으며 사내의 흔적을 찾았다. 마침내 저 멀리 종종걸음 치는 뒷모습이 눈에 잡혔다. 염은 쏜살같이 내려와 사내를 뒤쫓기 시작했다.

사내가 들어간 건물을 지켜보며 염은 밤새 기다렸다. 염탐해 보니 상습적으로 벌어지는 불법 도박판인 모양이었다. 그 노름꾼 사내가 돈이 생기는 족족 갖다 바쳤을 곳. 그런 사내를 아버지가 어떻게 회유했을지 염은 짐작이 갔다. 사내가 어떤 식으로든 방관주와 얽힌 자라는 것도.

사내가 밖으로 나온 건 새벽별이 돋을 무렵이었다. 그새 인경도 지났고 파루가 울리기 직전이었다. 사내는 도박뿐 아니라 술에도 취했는지 비틀비틀 걸어갔다. 염은 기척을 숨긴 채 거리를 두고 뒤따라갔다. 고요한 거리에 투덜거리는 사내 목소리가 울렸다.

"에이 씨, 뭐 이리 한순간에 날아가? 아무래도 그 나리한테 좀 더 받아 낼 걸 그랬지? 딱 봐도 요긴하게 써먹을 패였는데 말이야. 내일이라도 그 집에 가서……."

염은 실소가 흘러나왔다. 자신이 사람은 제대로 봤다. 뻔뻔한 저 사내한테 돈은 한순간 사라질 테고, 저 입은 더 쉽게 열릴 것이다.

어느덧 한적한 야산 언저리를 지나던 사내가 멈춰 섰다. 덤불 앞에서 허리춤을 푸는 걸 보고, 염은 그자가 무얼 하려는지 알았다. 아직 해가 뜨지 않아 사방이 어둡고 주변에는 지나는 개 한 마리 없었다. 길섶에 볼일을 보고 있는 사내 뒤로 염은 삽시간에 다가갔다. 기척을 느꼈는지 사내가 허리춤을 추스르다 말고 고개를 돌렸다. 그 순간 염의 칼이 허공을 갈랐다.

"누…… 헉……."

신음도 제대로 못 뱉고 사내가 엎어졌다. 자신의 오물로 젖은 덤불 위에서 부르르 떨던 몸이 이윽고 잠잠해졌다. 염은 숨이 멎은 사내의 몸뚱이를 눈에 띄지 않게 갈무리한 뒤 돌아섰다.

혜빙을 지키기 위해서였다. 방관주가 여자라는 게 드러나면 혜빙도 위험하다. 그걸 깨달은 순간 몸이 먼저 움직였다. 염의 선택은 둘 중 하나밖에 없었다. 비밀을 알게 된 자를 죽여 입을 막거나 믿어 입을 놔 주거나. 염은 그 사내 같은 부류를 잘 알았다. 아버지가 그런 자들을 어떻게 써먹는지도. 그대로 두면 사내는 영혜빙까지 몰락시킬 불씨였다. 그러니 염이 사내를 벤 것은 혜빙에게 닿으려는 걸음이기보다, 그녀가 안전하기를 바라는 마음이었다. 이번엔 그거면 되었다.

부
자
|
|
|

집은 아직 푸른 어둠에 감싸여 있었다. 염은 담을 훌쩍 뛰어넘어 자신의 거처가 있는 뒷마당에 착지했다. 일어서기도 전에 목소리가 들렸다.

"어디 갔다 오느냐?"

희뿌옇게 밝아 오는 하늘 아래 아버지가 서 있었다. 밤새 기다렸는지 피로해 보이는 얼굴이었다. 염은 일어서며 작게 숨을 골랐다.

"벌써 기침하셨습니까?"

모른 척 건네는 염의 인사를 무시하고 신간이 다시 물었다.

"어제 나를 찾아온 자가 주고 간 물건을 어찌했느냐?"

염은 아버지의 쏘는 듯한 눈빛을 담담히 마주보았다. 한때는 아버지를 존경했기에 말씀대로 따르려 애썼다. 과거를 보고 관직에 나가 더 높은 권력을 위한 행보에도 기꺼이 함께했다. 그러나 갈수록 의문이 들었다. 아버지의 방식은 떳떳하다 볼 수 없다. 특히 방관주 관련해서는 도가 지나쳤다. 방관주란 인물을 알아갈수록 염은 그의 반듯함과 아버지가 비교되었다.

"어디 두었느냐?"

신간이 다시 한 번 재촉했다.

"한 가지만 여쭙겠습니다. 방관주를 왜 그리도 경계하십니까?"

염의 질문에 신간의 인상이 찌푸려졌다. 아들이 눈치챘다는 것에 놀라는 기색도 없었다.

"생물의 본능 아니겠느냐, 저보다 약한 것이 저보다 나은 것을 차지하려 하면 짓밟아 빼앗고 싶어지는 것은."

그 말이 진실을 피해 가려는 대답이라는 걸 염은 알았다. 그럴수록 물러서고 싶지 않았다.

"고작 젊은 관리일 뿐입니다. 대왕의 총애가 깊고 나이에 비해 벼슬이 높다 해도, 자신의 세력 하나 없는 자를 굳이 쳐 내려 하시는 까닭을 모르겠습니다."

"지금은 보잘것없어 보여도 다음엔 어찌 될지 모르지. 권력을 쥔 자는 누구나 더 큰 것을 쥐고 싶어 한다. 그게 인간의 본성이지."

"……가진 자리에 만족 못하는 건 본성이기보다 탐욕이지요. 방관주가 그리 탐욕스런 자로는 보이지 않습니다."

제 눈에는 오히려 아버지가 그렇게 보이는걸요, 하는 말은 염의 입속에서 흩어졌다. 신간이 피식, 비웃듯이 대꾸했다.

"설익은 풋내기들이나 할 법한 소리구나. 꽃을 본 나비가 불을 무서워할까."

아들의 도발을 받아 주면서도, 신간은 길어지는 얘기가 못마땅한 표정을 숨기지 않았다.

"권력의 세계가 언뜻 복잡해 보여도 알고 보면 단순한 원리로 움직인다. 야망과 탐욕. 그걸 모르다니 아직 한참 멀었구나."

염의 입가로 쓴웃음이 번졌다. 그래서 아버지의 야망 그 끝에는 무엇이 있는 겁니까? 아버지야말로 무얼 위해 이렇게까지 하십니까?

"누구나 권력을 쥐면 탐욕을 부리게 된다. 방관주도 그럴 테니 미리 쳐 낸다는 건…… 누가 봐도 궤변입니다."

"……궤변도 통하면 새로운 역사가 되기도 하는 법."

핵심을 일부러 비껴가는 듯한 아버지의 어긋난 논리를 염은 더는 견딜 수 없었다.

"아버지 말씀대로 제가 풋내기일지언정, 권력에 굶주려 탐욕스러워진 자가 인간의 도리마저 헌신짝처럼 버린다는 것쯤은 압니다."

"더는 들어 줄 수가 없구나. 쓸데없는 소리 그만하고 어서 내놓거라."

인내심이 바닥난 듯 신간이 독촉했다. 자신에게 내민 손을 물끄러미 보며 염이 말했다.

"아버지가 더는 부끄러운 길로 가시지 말았으면 좋겠습니다. 삿되고 비열한 방법 말고도 얼마든지 바르고 떳떳한 방식으로……."

"신염!"

아버지가 성까지 붙여 부르자 염은 입을 닫았다.

"오늘따라 웬 말이 그리 많은…… 혹시, 너……."

그제야 신간은 염의 모습을 찬찬히 훑었다. 다소 흐트러진 차림새, 옷자락에 묻은 핏자국, 그리고 손에 든 검까지 차례로 시선이 닿았다.

"무슨 짓을 한 것이냐? 너, 혹 그자를?"

말하다 말고 신간이 문득 주변을 둘러보았다. 밝아 오는 햇빛 아래 세상이 서서히 깨어나고 있었다. 하인들 움직이는 기척이 들려왔다.

신간은 부들부들 떨리는 손을 치켜 올리다 도로 내렸다. 분노로 이글거리는 눈이 염을 집어삼킬 듯 노려보았다.

"방자한 놈! 일을 이리 망치다니……. 가문을 위하고 종내는 저를 위한 일인 것을!"

혀를 짓씹듯 내뱉고는 신간이 바람 소리를 일으키며 돌아섰다.

염은 멀어지는 아버지의 뒷모습을 보며 확신했다. 무언가 있다. 아버지와 방관주 사이에 얽힌 어떤 것이. 그걸 알아내야만 한다.

추
포

바람이 들짐승처럼 사납게 울었다. 세찬 눈보라가 연신 창을 두드렸다. 험상궂은 날씨만큼 선의 꿈자리도 뒤숭숭했다. 밤새 뒤척이다 깨났을 땐 눈이 뻑뻑하고 골이 지끈거렸다. 언제부턴지 요란스레 대문 두드리는 소리가 들렸다.

선이 대청마루로 나서기 무섭게 하인이 달려왔다. 눈 그친 하늘이 푸르게 밝아 오고 있었다.

"나리! 지금, 저기, 저 사헌부에서……."

하인의 말이 끝나기도 전에 군사들이 우르르 들이닥쳤다. 선은 마당을 장악한 군사들 맨 앞에서 제 쪽으로 다가오는 이를 보았다. 안면이 있는 사헌부의 감찰이었다.

"중추부 판사 방관주를 즉각 잡아들이라는 어명이시오!"

"!"

선의 머리끝이 쭈뼛 곤두섰다. 발끝까지 섬뜩한 기운이 훑고 갔다. 뒤따라 나온 혜빙이 선의 팔을 붙잡았다. 선의 팔도, 혜빙의 손도 떨고 있었다.

침착하자, 침착하자, 선은 숨을 가까스로 들이쉬었다가 내쉬었다. 말라붙는 입술을 떼어 물었다.

"무슨…… 죄목이오?"

"그것까지는 모릅니다. 방 판사께 추포령이 내렸다는 것밖에는."

혼란스러운 선의 머릿속에 온갖 이유가 펼쳐지기 시작했다. 하지만 지금 가장 급한 일 하나! 그것만 생각하기로 했다. 바싹 마른 입안에 겨우 침을 넘기며 선이 목소리를 냈다.

"옷을…… 갈아입을 동안 기다려 줄 수 있겠소? 잠시면 되는데."

우두머리 감찰이 얼핏 망설이다 고개 끄덕이고 뒤로 몇 걸음 물러났다. 선은 재빨리 혜빙을 끌고 방으로 들어갔다. 문을 닫자마자 혜빙을 돌려세워 마주보았다. 선이 입을 열기도 전에 혜빙이 먼저 물었다.

"무슨 일인지 짐작 가는 거 있어?"

선은 고개를 저었다. 짐작 가는 게 있었다면 대비할 수도 있었을까?

선은 혜빙의 눈을 깊이 들여다보았다. 선이 좋아하는 진갈색 눈동자, 그 안의 반짝이는 빛. 이 아름다운 빛을 내가 다시 볼 수 있을까?

"지난번 내가 했던 말 기억하지? 내게 무슨 일이 생겨도 너만은 꼭 살아남으라고 했던 거."

선이 빠르게 쏟아 내는 말에 혜빙의 표정이 딱딱해졌다.

"여자인 게 탄로 난 건지도 몰라. 아니면 끌려가서 심문 받다 발각될지도 모르고. 그럼 결과가 어찌 될지는 알지?"

담담하게 말하려 했지만 선의 목소리가 자꾸 갈라졌다. 혜빙의 눈이 그렁해졌다.

"내가 저들에게 끌려가면 지체 말고 너도 유모랑 집을 떠나. 뒤도 돌아보지 말고 갈 수 있는 한 멀리 가. 어떻게든 피해서 살길을 찾아. 그래도 혹시라도……."

도리질 치는 혜빙의 눈에서 눈물이 방울방울 흘렀다.

"선아."

"혹시라도 만약…… 잡히게 되면 너는 내가 여자인 걸 몰랐던 거야. 내가 온갖 핑계로 합방을 안 해서 몰랐다고 해. 내가 너를 겁박해 어쩔 수 없었다 해도 좋겠다. 아니, 내 정체가 탄로 났다는 소식이 들리면 네가 먼저 나를 밀고해. 그게 더 낫겠……."

두서없이 쏟아지던 말들은 혜빙의 입술에 단단히 막혀 버렸다. 맞대 온 입술 사이로 끊겨 버린 말 대신 숨결이 오갔다. 허둥대던 선의 마음이 다소 평정을 찾았다. 어쩌면 마지막일 수도 있는 입맞춤은 애틋하고 절박했다. 마침내 혜빙의 입술이 떨어져 나갔다. 혜빙이 선을 깊이 끌어안았다. 팔에 온 힘을 다 실었다 풀고 나서 미소 지었다.

선은 그 미소를, 팔의 온기를, 부드러운 입술과 반짝이는 눈동자를 영원히 잊지 못하리라는 걸 알았다. 울컥, 뜨거운 숨이 올라왔다. 스미는 모든 감정을 받아 안아 선은 길고 긴 숨을 쉬었다. 그러곤 혜빙에게 환하게 웃어 주었다.

선이 끌려가자마자 혜빙은 다급히 움직였다. 유모부터 설득해 호위를 딸려 안전한 곳으로 먼저 보냈다. 나머지 하인들도 흩어져 몸을 피하게 했다. 마지막으로 혜빙도 간단한 짐을 꾸려 집을 나섰다.

대문을 나서 몇 걸음 떼기도 전이었다. 제 앞에 선 이를 보고 혜빙의 눈이 커졌다. 신염이 지금 왜 여기 있는지 알 수 없었다. 뒤늦게 그가 지금은 의금부 동지사라는 데 생각이 미치자 얼굴에서 핏기가 가셨다. 사헌부와 달리 의금부에서 주로 다루는 사건은 역모였다. 설마……?

"어디 가시오? 우연이 거듭되면 필연이라던데 또 이리 마주치니 우리가 인연은 인연인가 보오."

"하!"

능청스러운 신염의 말에 혜빙은 기가 찼다.

"지나친 우연은 누군가의 계획된 노림수라고 하던가요?"

며칠 전, 혜빙은 선의 납치 사건 배후이자 선을 호시탐탐 노려 온 자를 알아냈다. 서월루에서 얻은 정보를 혜빙은 곧바로 선에게 귀띔했다. 마침 그날, 선도 드디어 기록을 찾았다며 십육 년 전 사건에 대해 털어놓았다. 지금까지는 심증뿐이라 더 빨리 말하지 못했다고 미안하다는 사과와 함께.

그제야 모든 조각이 맞춰졌다. 방효유의 아들, 방관주가 그 사건을 파헤칠까 봐 신간은 두려웠던 거겠지. 그 무렵엔 혜빙의 아버지도 병조에 몸담고 있었다. 혹 장인도 연루됐을까 봐, 그간 선이 말못 했을 거라고 혜빙은 짐작했다.

진실을 어떻게 밝히고 뒷일은 어찌 도모할지 의논하느라, 혜빙과 선은 머리 맞대고 지난밤도 새우다시피 했다. 이미 한발 늦어 버렸지만.

혜빙의 표정에 분노가 담기자 염도 눈빛이 진지해졌다. 농담을 빌어 진심 한 자락 건넸으나 이번에도 혜빙에겐 닿지 않았다. 불안하고 초조할 혜빙의 신경을 그렇게나마 풀어 주고도 싶었다. 매번 내쳐지기만 하니 마음 한구석이 아렸다.

"소식 들었소. 위험하니 일단 피합시다. 어디로 가려던 길이오?"

염의 말을 듣는 둥 마는 둥 혜빙이 주변을 휘휘 살폈다. 염의 옷자락을 움켜쥐고 재빨리 옆 골목 안으로 갔다. 혜빙이 잡아끄는 대로 염이 순순히 따라와 섰다.

혜빙은 다시 한 번 주위를 둘러본 다음, 염에게 얼굴을 바싹 들이댔다. 뒤꿈치를 들고 신염의 귀 가까이 속삭이듯 말했다.

"신 동지사의 아버지가 무슨 짓을 했는지 아십니까?"

느닷없는 말에 염의 눈매가 가늘어졌다. 귓가에 닿은 혜빙의 숨결에 솜털이 곤두섰다.

"십육 년 전, 병조의 군사 물자 납품 비리로 조정이 떠들썩했던 적 있답니다. 신 판서가 저지른 일을 내 남편의 아버지께 뒤집어씌운 사건이지요."

염의 머릿속이 쿵, 울렸다. 그거였어?

안 그래도 아버지와 방관주의 관계에 대해 서월루에 의뢰해 놓은 참이었다. 대행수가 한때 아버지의 여인이었다는 게 걸렸지만, 서월루만큼 비밀스러운 정보를 빠르게 알아내는 데는 없었다. 그 진실에 혜빙이 저보다 앞서 접근했을 줄은 몰랐다.

세세한 내용까지 듣지 않아도 염은 대충 그림이 그려졌다. 아마도 뇌물, 횡령, 장부 조작 같은 일들이 있었겠지. 들킬 위기에 처하자 다른 이에게 덮어 씌웠을 테고. 그렇게 방관주의 아버지는 몰락했고 아버지는 승승장구.

"허······."

혐오감이 치밀어 염은 제 혀를 왈칵 씹고 말았다. 입안에서 비릿한 피 맛이 느껴졌다. 혜빙과 백 행수가 그 일을 두고 이야기 나누었을 광경이 그려졌다. 그 앞에서 부끄러움은 제 몫이었다.

"그 진실을 발고하면 형조판서가 어찌 될 거 같습니까?"

염은 혜빙을 묵묵히 보았다. 저리 담백한 눈길로, 저리 낭랑한 목소리로, 이리 매서운 말을 뱉는 여인을.

"······지금 나를 겁박하는 거요?"

속이 쓰리면서도 염은 혜빙을 보는 눈매가 부드럽게 휘는 걸 어쩌지 못했다. 이 여인 앞에서는 한없이 물러지는 자신을.

"어떻게든 방관주가 무사해야 할 겁니다. 낭군이 잘못되기라도 하면 내가 어찌할지 나도 모르니."

184

혜빙의 뾰족한 말 화살이 염의 가슴 여기저기 상처를 냈다. 제 마음을 처음 흔들어 놓은 여인의 말이, 자신을 아버지와 한 부류로 묶어 보는 그 눈빛이 아팠다. 공연히 심술이 났다.

"그대의 안전부터 도모해야 하지 않겠소? 숨을 곳이 필요하다면 내 마련해 드리리다."

"그런 건 바라지도 않습니다. 제 말이나 명심하시지요."

혜빙이 그대로 돌아섰다. 염은 발이 땅에 붙은 듯 서 있었다. 심장이 옥죄고 가슴이 답답했다. 혜빙이 멀어질 때까지 기다리다 눈치 못 채게 멀찍이서 따라갔다. 그렇게 혜빙이 서월루로 무사히 들어갈 때까지 뒤를 지켰다.

먹물이 번지듯 가슴이 아릿했다. 자신은 벗어나려 할수록 더 단단히 붙들려 버리는 거미줄에 걸린 나비 같았다. 혜빙에 대한 마음을 접으려 할 때 다시 보인 실낱 같은 희망의 줄. 지금은 그마저 위태위태하지만 그 줄 하나를 놓지 못하리라는 걸 염은 알았다. 그녀에게 닿으려는 제 걸음을 끝내 멈추지 못하리라는 걸.

진
실

정전 안은 숨소리마저 들릴 듯 고요했다.

선이 끌려와 꿇어앉혀진 뒤 대왕은 주변을 죄 물렸다. 자신을 똑바로 내려다보는 왕의 두 눈과 마주하자 선은 기시감이 스쳤다. 언젠가 이런 모습으로 여기 꿇어앉아 있었다. 그 뒤로 꽤 긴 시간이 흐른 거 같은데 고작 몇 달 전이었다.

텅 빈 정전 안에 대왕의 목소리가 나직이 울렸다.

"내가 재밌는 사람은 아닌데 재밌는 말을 들으면 웃는다. 아주 재밌는 얘기를 들었다. 그래서 웃음이 나와 견딜 수가 없다."

왕의 목소리는 화가 난 듯도, 서글픈 듯도 했다. 선은 정전 바닥으로 시선을 내렸다. 왕이 한 걸음 다가와 상체를 기울였다. 선의 얼굴 가까이 입을 대고 비밀이라도 말하듯 속삭였다.

"그대가…… 사내가 아니라는구나."

쿵, 심장이 바닥으로 떨어져 굴렀다. 선은 눈을 질끈 감았다. 이어지는 왕의 목소리가 멀리서처럼 아득하게 울렸다.

"아니지? 아니라고 말하라. 근거 없는 헛소문일 뿐이라고."

감긴 눈꺼풀 아래 선의 눈동자가 하릴없이 방황했다. 마음 한켠에 두려움이 늘 자리했던 건, 언젠가 이리될까 봐서였다. 자신뿐 아니라 혜빈도 수렁에 빠뜨리게 될까 봐. 대왕까지 제게 실망하고 상처받게 되실까 봐.

쓰디쓴 자책이 밀려왔다. 지난번 사직 상소를 올리고 멀리 떠나자던 혜빈의 말에 따랐다면……. 하지만 아버지를 몰락시킨 사건을 알았는데 모른 척 떠날 수는 없었다. 드디어 그 기록을 찾아냈을 때 선은 전율했다. 그토록 여기저기 쑤시고 뒤져도 나오지 않던 게 병조의 보관 서고에 묻혀 있었다.

신묘년. 병조의 군사 물품 부실 지급, 뇌물, 부정 청탁 등 비리 사건.
책임자 : 판서 방효유 파직. 참판 ○○○ 외 ○명 좌천.
고변자 : 정랑 신간, 이후 참판 승진.

몇 줄 기록으로만 남은 오래전 사건. 선은 아무리 곱씹어 봐도 석연치 않았다. 선이 기억하는 아버지는 떳떳하지 못한 일과는 거리가 먼 사람이었다. 오죽하면 마을 사람들에게 청빈이 지나쳐 극빈이라는 말까지 들었을까. 게다가 신간이란 이름과 저를 따라다니는 사건 사고들. 그러니 제대로 파헤쳐야만 했다. 일이 이토록 어긋

날지는 몰랐지만.

이제 선은 마지막 하나만 필사적으로 빌었다. 혜빙이 제발 무사히 피했기를. 자신보다 생각도 행동도 빠른 혜빙이니 그럴 것이다. 그렇게 믿어야만 했다.

독촉하듯 대왕의 목소리가 선의 귀에 다시 들어왔다.

"사헌부에 들어온 투서도, 형조에서 올라온 고변도 그대를 끌어내리려는 자들의 모함일 테지? 이번에도 형조판서 신간과 그 무리가 그대를 내치려는 수작인 게지?"

배후는 역시나 신간이었다. 선은 치미는 울분을 한 켜, 한 겨 눌러 담았다. 가까스로 마음을 가라앉히고 나서 감았던 눈을 떴다. 자신을 옥죄던 비밀이 탄로 나니 오히려 차분해졌다.

"그 말이…… 맞사옵니다. 소신은…… 여인이옵니다. 그동안 전하를 속이고, 세상을 속인 저를 벌하여 주소서!"

선을 응시하던 대왕의 눈빛이 찰나에 휘청였다. 왕의 표정이 빠르게 굳었다. 흐트러진 감정을 단단히 조이듯 눈빛도 금세 싸늘해졌다. 굳게 닫혔던 왕의 입이 한참 만에 다시 열렸다.

"감찰 궁녀들을 들라 하라!"

대왕이 소리치자 밖에서 웅성대는 소리가 났다. 잠시 후, 궁녀들이 들어와 선의 몸을 더듬기 시작했다. 옷고름이 풀어 헤쳐지고 더듬는 손이 가슴께로 들어왔다. 가슴가리개가 풀어지고, 그 안에서 드러난 것을 확인한 손이 몸 밖으로 빠져나갔다.

"여인이 맞사옵니다."

그 말에 뒤돌아서 있던 왕이 비틀거렸다. 하지만 대왕은 빠르게 균형을 잡고는 선을 향해 돌아섰다. 잔인한 진실에 상처받은 듯한 표정에 선은 미안하고 애틋한 마음을 삼켰다. 턱 끝까지 굳어 있던 대왕의 입술이 열리며 차가운 공기를 내뿜었다.

"남녀가 유별하고 강상의 법도가 지엄하거늘!"

마음을 다스리듯 왕이 잠시 말을 멈추고 숨을 골랐다.

"법도와 윤리를 조롱한 죄! 나라를 속이고 조정을 시끄럽게 만든 죄! 감히…… 짐을 업신여겨 세상의 웃음거리로 만든 죄! 용서받을 수 없고 극형의 죄목들임을 스스로 알 것이다!"

마음을 잘 가다듬었다 싶었는데 선은 흠칫 떨고 말았다. 꿇어앉은 그대로 선이 바닥에 엎드렸다.

"방관주는 죽음으로 갚아야 할 것이다……. 끌고 가라!"

말을 마친 왕이 등을 홱 돌렸다. 금군들이 들어와 선을 끌어냈다. 거칠게 끌려 나가다 말고 선이 사정했다.

"잠시만…… 잠시만 기다려 주시오!"

금군들이 주춤한 사이 선은 절박하게 소리쳤다.

"전하! 마지막으로 간청 드리나이다!"

왕의 미간이 찡그려졌다.

"지난 신묘년, 병조의 군사 물자 비리 사건을 다시 한 번 살펴 주시옵소서."

이번엔 왕의 얼굴에 의문이 떠올랐다. 선은 한 치의 망설임 없이 덧붙였다.

"그 일이 전하께서 장차 가시려는 걸음에 첫 번째 길이 되어 줄지도 모릅니다."

선은 저를 붙잡은 팔들을 뿌리치며 양팔을 높이 들어 올렸다.

"마지막 인사를 올리겠나이다. 부디 내내 평안하소서."

선은 미동도 없는 대왕의 뒤통수에 대고 마음 다해 절을 올렸다. 그러나 왕은 끝내 돌아보지 않았다. 선이 정전 밖으로 끌려 나간 뒤에야 왕이 뒤돌아섰다. 채 닫히지 못한 문틈으로, 짐짝처럼 계단에서 끌어내려지고 붙잡혀 멀어져 가는 뒷모습이 보였다.

"목소리도 그리 가늘고 관복은 몸에 저리 컸구나……"

대왕의 인상이 있는 대로 구겨졌다.

"내 신하 되지 못할 몸으로 태어난 주제에 이미 누구보다 귀한 신하가 되어 버린…… 발칙한……."

왕은 한 마디, 한 마디 숨을 고르듯 내놓던 말을 끝내 맺지 못했다.

바
람

기루이자 정보상인 서월루는 바람을 잘 읽었다. 바람이 거셀 때는 숨을 죽였고, 전국 각지 흩어져 정보를 모아 오는 까마귀들도 한결 조심스레 움직였다. 이번에도 심상치 않은 바람 앞에 서별채가 먼저 문을 닫아 걸었다. 동별채의 만남들도 더 은밀해졌다. 그 별실 하나에서 혜빈은 백아란 행수와 마주했다. 아란이 보낸 그림자 무사의 안내로 아무도 모르게 외딴 별실로 숨어들었다.

"놀랐습니다. 다른 곳도 아닌 여기서 보자 하시다니."

혜빈은 자신 때문에 행수까지 위험해질까 봐 걱정스러웠다.

"등잔 밑이 어두운 법이니까요. 한데 왜 아직 도성에 계십니까? 관에서 눈에 불을 켜고 아씨를 찾고 있습니다."

초연해만 보이던 아란 얼굴에도 불안과 근심이 드리웠다. 선이 추포된 날, 혜빈이 찾아왔을 때도 그랬다. 어서 피하라고, 도성을 무사히 빠져나갈 수 있도록 돕겠다고 나섰다. 하지만 혜빙은 그날처럼 이번에도 꿋꿋하게 고개를 저었다.

"낭군을 저리 두고 홀로 떠날 순 없어요. 구하기 위해 뭐라도 할 겁니다. 그 사람이 살아야 나도 숨을 제대로 쉬며 살 수 있어요."

며칠 사이 몹시 상한 혜빙의 얼굴을 아란이 안쓰러운 눈으로 살폈다.

"한데 행수님, 돌아가는 분위기가 어째 이상합니다. 지금쯤 나라가 시끄러울 줄 알았는데……."

혜빙의 의문에 아란의 입가가 설핏 굳었다.

"역시 아씨의 눈치는 당해 낼 재간이 없군요. 위에서 이 일을 조용히 묻으려 하는 거 같습니다. 여인이 오랫동안 나랏일 해 온 걸 몰랐다는 게 조정 관리들도 부끄러울 테니까요. 그게 알려지면 백성들 사이 동요도 일 테고요."

그간 기루를 찾은 벼슬아치들이 흘린 말과 까마귀들이 모아 온 정보를 두고 내린 아란의 판단이었다.

"역모죄만큼 무서운 강상죄라 하나 아씨까지 두 분만 처형하는 걸로 마무리 지을 모양입니다."

"……아버님과 친정 식구들이라도 무사할 수 있다면…… 다행이긴 하네요."

"그래도 가족들의 유배는 피하지 못할 겁니다."

"……목숨을 잃는 것만 아니라면…… 유배는 언젠가 풀리긴 할 테니……."

죄책감에 혜빙의 가슴이 욱신거렸다. 친정 식구들까지 피해 입기를 바란 적은 맹세코 없었다. 거기까지 내다본 적이 한 번도 없다면 거짓이겠지만, 그리되지 않게 어떻게든 할 작정이었다. 생각보다 빨리 선의 정체가 드러난 바람에 모든 게 어그러졌지만.

혜빙은 시간이 되돌아간다 해도 같은 선택을 했을 것이다. 선과 함께가 아닌 삶은 이제 상상할 수조차 없으니. 눈에 고이는 눈물을 씩씩하게 닦아 내며 혜빙은 생각했다. 덮쳐 오는 파도에 집어삼켜지지 않으려면 어떻게 해야 할까. 선을 살리려면 내가 무엇부터 해야 할까.

"떠나지 않겠다면 도성에 남아 무얼 하시렵니까?"

아란이 묻자 혜빙은 잠시 망설이다 대꾸했다.

"의금부 동지사한테 협박 겸 거래를 제안하긴 했는데."

"동지사라면 신……염이요?"

아란이 눈을 크게 뜨며 되물었다.

"네. 형조판서의 아들이잖아요. 아비가 과거에 했던 짓을 말해 줬어요. 이번 일의 배후도 신 판서일 테니까요."

아란의 눈빛이 착잡해졌다. 마침내 아란이 털어놓았다.

"어차피 동지사도 알게 될 일이었습니다. 아씨가 의뢰하시고 얼마 지나지 않아 같은 걸 부탁했거든요."

"아……."

"그런데 까마귀가 물어온 소식 가운데 흥미로운 게 있더군요. 아씨 댁에 드나들던 부성이라는 자 말인데요."

그 이름에 혜빙의 눈살이 찌푸려지다, 신염에게 당했다는 말을 듣고 머리가 멍해졌다.

"네? 동지사가 왜 그자를?"

"글쎄요……."

아란은 알 듯 말 듯했지만 입을 다물었다.

'누군가를 좋아하면 아끼게 되니까요. 위험 속이라 해도 함께 걷고 싶고, 제 몸 불살라 가며 지켜 주고 싶어지니까요.'

한때 정인이었던 신간이 떠올랐다. 이제는 낯선 이처럼 느껴지는 그를 권력과 세월이 변하게 한 것일까. 아니면 애초에 그런 시내였던 걸 제 눈이 흐려서 보지 못했던 것인가.

어쩐지 아득해 보이는 행수의 표정을 살피다, 혜빙이 조심스레 말을 꺼냈다.

"일단 신묘년 그 사건을 수면 위로 올려 보려 하는데, 그때의 증거도 진실을 증언해 줄 사람도 찾는 게 쉽지 않네요."

"까마귀들을 풀어 좀 더 알아보지요."

"하지만 서월루와 행수께 더 폐를 끼칠 수는……."

"폐라니, 당치 않습니다. 우리는 더 나은 세상을 만들고 싶은 한 패잖아요?"

아란이 눈을 찡긋하는 바람에 혜빙도 스치듯 웃고 말았다.

"한데 집필하시던 소설은 어찌 되었나요?"

이 상황에 물음이 뜬금없다 싶지만 혜빙은 솔직하게 대답했다.

"거의 끝나 가던 참인데 아시다시피 상황이 이래서."

씁쓸하게 웃는 혜빙에게 아란이 제안했다.

"다른 건 제게 맡기고 아씨는 소설부터 마무리 지으시면 어떨까요? 어서 끝내고 세상에 퍼트리는 겁니다."

그 말에 혜빙이 눈을 느리게 감았다 떴다. 행수의 생각을 알 거 같았다. 혜빙은 붙잡히기만 하면 선과 함께 처형될 것이다. 그리고 둘의 이름도, 이 사건도 슬쩍 묻혀 버리겠지. 그러니 차라리 온 세상이 알게 하면?

"집필만 마치시면 책을 내고 퍼트리는 건 제가 맡겠습니다. 돌려 읽고, 이야기 나누고, 토론하게 해서 세상을 소란스럽게 만들어 보지요. 방선과 영혜빙이라는 용기 있는 여인들이 어물쩍 잊히지 않게 하겠습니다."

혜빙은 울컥 눈시울이 아려 왔다. 행수의 다짐이 든든하면서도 한편 주저되었다.

"……왜 이렇게까지 도와주십니까? 자칫 행수께서 화를 입을 수도 있는데."

"상인인 제 눈에 사람은 피하려는 자와 맞서는 자로 갈립니다. 잘못된 것에 맞서려는 이들에 의해 세상은 발전해 가는 거지요. 그런 이들을 돕는 건 내 기쁨이고, 보람이고, 상인인 내가 해야 할 일이니까요."

더 길게 말하지 않아도 아란의 마음은 혜빙에게로 넘쳐흘렀다. 아란을 마주보는 혜빙의 눈에도 꼿꼿한 결의가 차올랐다.

하찮게 여긴 작은 구멍이 마침내 둑을 무너뜨린다. 나라의 법도와 권력을 움켜쥐고 좌지우지하는 이들도 깨달아야 한다. 양반 사내가 아니라는 이유로 벼슬길을 막거나, 자신들이 만들고도 아란 같은 피해자 하나 지켜 주지 못하는 축첩 제도처럼 잘못된 것은 하나하나 바로잡고 가야 세상이 조금이라도 나아진다는 것을.

"그러니 아씨는 아씨께서 잘하는 일을 하십시오. 저는 제가 잘하는 일을 할 터이니."

의금부의 문이 열렸다. 염은 보초들의 인사에 고개를 까닥이며 밖으로 나왔다. 주위를 한 번 살피고 나서 걷기 시작했다. 긴 담장을 따라 걷다 모퉁이에서 꺾어져 다시 걸었다. 담벼락이 끝나는 그늘 아래 한 선비가 서 있었다.

염은 주변을 좀 더 주의 깊게 살피고는 선비에게 한달음에 다가갔다. 인기척을 느꼈는지 하늘을 올려다보던 선비가 고개를 돌렸다. 그 얼굴을 확인한 염의 턱 근육이 꿈틀했다. 염은 재빨리 선비의 팔을 잡고 더 구석진 곳으로 이끌었다.

"이리 무모하면 어쩌자는 거요? 그대에게도 추포령이 내려진 걸 알지 않소?"

염이 소리 죽여 나무라자 혜빙이 쓴웃음을 지었다. 제 손을 떼어 내는 혜빙에게 염은 치미는 감정 대신 걱정을 앞세웠다.

"혹 머물 곳이 마땅치 않다면 도성 밖에 피난처가 될 만한 곳이 있소. 잠시만 거기 피해 있으면……"

"그럴 순 없습니다."

"방관주는 끝났소. 강상죄는 역모에 버금가는 죄요. 그자와 함께 그대까지 개죽음할 필요는 없지 않소? 그대라도 살아남아……."

"그 사람이 뭘 잘못했는데요? 그저 여자라서 재능도 노력도 짓밟히고 꺾여야만 한다면, 그런 세상 저 혼자 살아남아 뭐 하게요? 저도 여인인데요."

이번에도 가차 없는 혜빙의 거절이었다. 말 한 마디, 한 마디가 염에게 아픈 질문으로 되돌아왔다. 반상의 구별, 남녀의 구별은 법이다. 이 나라가 그러하고 세상이 그러했다. 이제껏 의심 한번 해 보지 않은 그 사실에 새삼 의문을 품게 만든다. 방선 그리고 영혜빙, 이 여인들이.

어수선한 마음을 다스리느라 염이 무뚝뚝하게 물었다.

"……나를 보자 한 까닭은 무엇이오?"

"방 판사를 만나게 해 주십시오."

염의 온몸 근육이 얼음처럼 굳었다. 저도 모르게 커졌던 두 눈이 가늘게 좁혀지며 절로 한숨이 나왔다.

"그럴 순 없소."

"단 한 번이면 됩니다. 의금부 동지사께서 마음만 먹으면 그리 어려운 일도 아닐 텐데요?"

"지금 그걸 말이라고……."

한 걸음 훌쩍, 혜빙이 다가서는 바람에 염의 말이 끊겼다. 염에게 들이댄 얼굴은 거리가 더 가까웠다. 염의 심장이 또다시 제멋대로 춤추었다. 염은 저도 모르게 고개 기울여 혜빙에게 귀를 대어 주고 있었다.

"내 손에 무얼 쥐고 있는지 아시잖아요? 그 사람이 잘못되면 내가 어떻게 할지도요."

귓가를 간지럽히는 목소리에 염의 목덜미 털이 곤두섰다.

"이번 일 배후도 형조판서라는 건 이미 아실 테고. 아, 그러고 보니 우리 집에 왔던 사내 하나가 누군가의 칼에 숨이 끊어졌다는 말도 들리던데요?"

순간 염의 목덜미 살갗이 싸늘히 식었다. 얼굴이 참혹하게 구겨졌다. 원망인 듯 서글픔인 듯 저도 모르겠는 감정이 스쳐 갔다.

"……말에 가시가 있소. 아프구려."

이런 순간에도 혜빙의 숨결 하나에 예민해졌던 자신에게 염은 속으로 욕설을 퍼부었다. 제기랄. 거부 아니면 겁박을 일삼는 여인 앞에서 무장 해제되고 마는 쓸모없는 제 감정에게.

무표정을 가장하며 염이 입을 뗐다. 입안이 버석거렸다.

"물증 없이는 쉽지 않을 거요. 내 아비는 허술하지 않은 사람이라서. 그대가 잡았다 여긴 약점이 오히려 그대를 부술 무기로 둔갑할 수도 있소."

염은 진심 다해 경고했다. 잠시 주저하던 혜빙이 어딘가 불편한 기색으로 대꾸했다.

"……물증이야 만들어 내면 될 터. 동지사의 부친이 잘하는 방법 아닌가요? 방 판사를 만나게 해 주십시오. 이건 부탁이 아닙니다."

염은 혜빙을 잠잠히 바라보았다. 얼굴은 수척했지만 눈동자는 반짝였다. 갓끈이 걸린 귓바퀴는 동그랗고 다문 입술 선은 선명했다. 염의 감정이 또 요동쳤다. 아프다 티를 내기도 어렵고, 나는 아비와 다르다는 변명도 구차했다.

누군가를 좋아하면 약자가 될 수밖에 없다더니, 염은 혜빙 뜻대로 해 주는 수밖에 없었다. 비록 그것이 불구덩이 속으로 함께 뛰어드는 일일지라도. 멈출 방법을 모르는 제 감정이 자신을 휘두르는 대로.

옥
사

가느다란 횃불만으로 밝히고 있는 옥사는 어둑어둑했다. 곳곳으로 비집고 들어오는 바람이 찬 공기를 한층 얼어붙게 했다. 혜빙이 지나쳐 가는 옥방마다 신음과 앓는 소리로 가득했다.

언젠가 선이 했던 말마따나, 탐욕스런 관료들 탓에 종사가 어지러운 만큼 잡혀 와 갇히고 고신 받는 이도 수두룩한 모양이었다. 도둑이 들끓어 왕실 재물을 보관하는 내탕고에서 금잔이 털리고, 봉상시(제사를 관장하는 곳)에서 제기까지 도둑맞았다고도 했다.

죄인이 많은 시대는 백성들 삶이 힘든 시대라 했다. 춥고, 배고프고, 갇혀 있고, 고신당하고, 형틀에 묶인 고통으로 가득한 옥사는 지옥이 따로 없었다.

혜빙은 울컥이는 가슴을 손바닥으로 꾹 눌렀다. 선이 어떤 고문과 고통을 겪었을지 상상조차 두려웠다. 한 걸음, 한 걸음 힘을 주며 무너지려는 마음을 버텨 냈다.

염의 뒤를 따라 혜빙이 멈춰 선 곳은 맨 안쪽 옥방 앞이었다. 죄인들이 비좁게 모여 있던 다른 데와 달리 안의 죄수는 하나였다. 나무 문살 사이로 벽에 기대앉은 하얀 바지저고리가 보였다.

"……선아."

숙이고 있던 이의 고개가 위로 들렸다. 혜빙이 깔끔하게 틀어 올려 줬던 상투는 풀어져 봉두난발이고, 조그만 얼굴은 창백하다 못해 분가루를 바른 것처럼 보였다. 까만 눈동자가 옥문 밖에 선 혜빙을 멀거니 바라보았다. 차츰 눈동자에 빛이 돌아오는가 싶더니 있는 대로 커졌다.

"어, 어떻게…… 여기까지."

선의 눈이 혜빙 뒤에 서 있는 신염에게 가 닿았다. 선의 얼굴에 흐릿한 미소가 떠올랐다. 혜빙은 다시금 왈칵, 올라오는 눈물을 밀어 냈다.

혜빙이 선과 살며 새삼 바라게 된 건 딱 하나였다. 가끔은 다투고, 가끔은 토라지고, 서로 달래 주고, 웃고 안아 주고. 그렇게 사랑하며 하루하루 각자의 삶을 최선 다해 살기. 그러다 언젠가 맞이할 죽음 앞에서 웃으며 말할 수 있기를. 우리는 후회하지 않노라고, 행복했노라고……. 그러니 웃어야 했다.

그런데 선이 먼저 웃었다. 구름 많은 새벽하늘의 별처럼 아스라하게.

"미안해."

난데없는 선의 사과에 억지로 웃어 보려던 혜빙이 멈칫했다.

"너까지 위험하게 만들어서, 정말 미안해."

혜빙의 눈가가 다시 뜨거워졌다. 이 상황에서도 저를 먼저 걱정하는 선 때문에 애써 다스린 마음이 갈피를 잃었다.

"네 잘못 아니야, 내 잘못도 아니고. 이런 세상에서 우리가 만난 것뿐이야. 그러니 미안하다고 하지 마."

혜빙의 목이 메었다. 눈에서 기어이 눈물이 흘렀다. 선이 앉은걸음으로 가까이 왔다. 혜빙도 옥문으로 바짝 다가서 주저앉았다. 선이 문살 사이로 손을 뻗어 왔다. 손목이 마를 대로 말라 툭 건드리면 부러질 거 같았다. 빨갛게 터지고 갈라진 손이 혜빙 얼굴의 눈물을 가만가만 닦아 냈다.

"너도 의외로 남장이 어울리네? 훤칠한 선비 같은걸."

너스레인 듯 말하며 웃는 선의 입술에 피딱지가 덕지덕지 앉아 있었다. 혜빙의 눈에서 눈물이 걷잡을 수 없이 쏟아졌다. 선은 말없이 그 어깨를 토닥토닥했다. 마침내 혜빙의 흐느낌이 가라앉자 선이 조근조근 속삭였다.

"나 구하려고 아무것도 하지 마. 이미 일어난 일은 그냥 두자. 너만 더 위험해져."

혜빙이 손으로 눈물을 쓱쓱 닦으며 선을 마주보았다. 선이 눈을 깊게 맞춰 오며 물었다.

"약조 잊지 않았지?"

"약조?"

"나를 팔아서라도 살아남기로 한 거. 살아남는 게 더 구차하고 어려울 수도 있지만 그래도 꼭 살아서……."

"그만!"

"좋은 남자 만나 아이도 낳고 행복하게…… 내 몫까지 행복하게 살아 줘."

"선아……."

말갛게 웃는 선의 표정은 가뿐해 보였다. 마치 모든 짐을 내려놓은 것처럼.

'너와 늘 함께하겠다 맹세했는데. 네가 죽음의 길을 홀로 가겠다면 나는 어째야 할까?'

혜빙이 차마 입 밖으로 내놓지 못하는 말이 가슴 안에서 흩어졌다.

"그럴 거지? 약속해."

'내가 너를 팔아 질긴 목숨 부지해 봤자 뭐 하겠니?'

그 말 역시 혜빙은 하지 못했다. 그래, 선. 그렇게 믿어야 네 마음이 편하다면. 혜빙이 가만히 고개 끄덕이자 선이 환하게 웃었다. 혜빙의 두 손을 잡으며 그 어느 때보다 눈부신 미소를 지었다.

"고마워! 나의 벗, 내 아내가 되어 줘서. 허방을 딛는 것 같던 삶에 단단히 뿌리내릴 수 있게 해 줘서."

"그건 내가 할 말이야. 나야말로 운이 좋았지. 네게 나를 걸 수 있었으니. 고마워, 내 낭군."

선, 너를 만나고 사랑했기에 나도 더 괜찮은 사람이 될 수 있었어. 내 선택은 옳았어. 그러니 내 정인이 부당한 죽음을 맞지 않게 할 수 있는 모든 걸 할 거야. 잘못된 건 우리가 아니라 세상이잖아. 이런 세상을 만들고 바꾸려 들지 않는 저들이잖아. 하여 기록할 거야. 우리 이야기를 퍼뜨리고 세상을 바꿔 나갈 거야. 이야기 속에서 우리는 좋은 세상을 만나 영원히 함께할 거야.

다짐이 혜빙 마음속에 굳건히 자리 잡았다. 말없이 망을 보던 신염이 신호를 보냈다.

"이만 나가셔야 하오."

혜빙은 선의 손을 힘주어 잡은 다음 천천히 놓아 주었다.

"기회 봐서 또 올게."

"아니. 그러지 마."

완강히 고개 젓는 선을 두고 혜빙은 가까스로 일어섰다. 선의 목소리가 들렸다.

"고마웠어. 너를 연모해. 영원히……."

혜빙은 그 자리에 붙박인 듯 발을 떼지 못했다. 그래. 선아, 우리는 다시 태어나도 서로를 알아볼 거야. 영원히 사랑할 거야.

더 큰 고백이 혜빙의 목까지 올라왔으나 이번만큼은 할 수 없었다. 아직 작별 인사는 이르니까. 어떻게든 선을 살릴 거니까.

혜빙을 배웅한 염은 옥사로 돌아오며 좀 전에 들은 말을 곱씹었다.

"동지사님을 난처하게 만들어 미안합니다. 그렇게라도 해야만 도

204

와주실 거 같았어요. 제가 부탁드릴 곳이 동지사님밖에 없었어요. 진심으로 고맙습니다."

허리까지 깊이 숙여 보이고 혜빙은 떠나갔다. 염은 밀려드는 감정에 눈을 질끈 감았다 떴다. 그 어느 때보다 따뜻했던 혜빙의 눈빛이, 목소리가 잠시 갈피 잃었던 제 마음을 다시 갈무리하게 했다. 그래, 그거면 되었다.

방선은 아까와 같은 자세로 옥 문살에 기대앉아 있었다. 허공을 보고 있는 얼굴이 처연했다. 울고 있는 것처럼 보였으나 얼굴에 눈물은 보이지 않았다.

여인이 사내 행세를 한 것도 모자라 같은 여인과 혼인까지 한 사람. 저 여리여리한 몸피 어디에 그런 배포가 숨겨져 있는 것일까?

염은 충동적으로 물었다.

"후회하지는 않소? 당신 하나로 인해 여럿이 위험에 빠졌소. 더욱이 부인마저 목숨이 위태로운데."

선이 고개를 돌려 염을 올려다보았다. 그 눈에 가득한 건 후회라기보다 아픔이었다. 터지고 피가 맺힌 입술이 열리자 목쉰 소리가 나왔다.

"후회라……. 전혀 없다면 거짓이겠지요. 허나, 후회 또한 원하는 길을 걸어 본 자의 몫이지요."

"그 원하는 길이 사내 행세에 여인과 혼인하는 거요? 이리 고초를 겪고 목숨을 위협 받는 것만 봐도 그릇된 길 아니오? 같은 여인에게 어찌 연심을……."

염은 말을 끝맺지 못했다. 마주친 새까만 눈동자에 비친, 염 자신의 모습이 흔들리는 거 같아서. 한결같이 삶의 기둥이 되어 주던 성인의 말씀이며 군자의 도리가 지금 이 순간 보잘것없이 느껴져서.

"같은 여자로 인해 마음 설레고 아플 수 있다는 걸 저도 처음 알았습니다. 여인이든 사내든 연모의 마음은 같다는 것도요. 막으려 한다고 막아지는 마음이 아니지 않습니까? 동지사께서도 잘 아시지 않습니까?"

무언가 알고 하는 듯한 선의 말에 염의 입이 붙어 버렸다. 그랬다. 연모라는 건, 접으려 해도 쉽지 않고 끊으려 해도 소용없는 거였다. 남의 부인이 되었는데도 잘라지지 않던 마음. 잊으려 해도 안 되고, 잊은 줄 알았더니 불쑥불쑥 튀어나와 가슴을 헤집어 놓는 거였다.

선의 올곧은 시선을 피해 염은 고개를 돌렸다. 선도 눈길을 거두며 혼잣말하듯 이어 갔다.

"연모하는데 남자면 어떻고 여자면 어떻습니까? 대상이 문제가 아니라 어떻게 사랑하느냐가 중요한 거더라고요. 제겐 첫 마음이었지만, 사랑했기에 우리 둘 다 특별한 사람이 되었다는 걸 알아요. 서로를 자신보다 더 아끼기에 목숨도 걸 수 있는 거고요."

선의 말 하나하나가 뚫고 들어와 염을 들쑤셨다. 자신의 첫사랑도 다르지 않았다. 따르던 신념조차 외면하고 마음 가는 대로 해 버리고 싶던 유혹, 옳고 그름 따질 것 없이 그저 빠져들고만 싶던 감정, 위험하다 싶은데도 멈추고 싶지 않던, 제 손안에 잡혀 주지 않던 제 마음. 매번 밀려나고 내쳐지는데도 그녀를 지켜 주려 위험을 무릅쓰게 되는 것.

"한 가지 부탁이 있습니다."

뜻밖의 말이, 꼬리를 물고 이어지던 생각에서 염을 빠져나오게 했다.

"형조판서께 전해 주십시오. 제 목숨을 내어 줄 테니 여기서 멈추고 혜빙은 살려 달라고요. 사내를 사칭한 것도 나고, 혜빙을 아껴 곁에 둔 것도 나니까 나로 끝내 달라고 해 주십시오."

염은 마른 입술을 여러 번 축이고서야 물었다.

"……그대는 죽음이 두렵지 않소? 참형은 기정사실이고 그 전에 살이 찢기고 뼈가 부서지는 혹독한 문초가 이어질 거요. 그 고통은 또 어찌 견디려고……."

"두렵지 않다면 그 또한 거짓이겠지요."

"그러니 지금이라도……."

하다 말고 염은 입을 도로 닫았다. 지금이라도 뭐? 무얼 할 수 있단 말인가? 여인이 사내 노릇에 나라의 관리가 된 것만으로 역모에 버금가는 중죄인 것을.

"하지만 제 죽음은 씨앗이 되겠지요. 꽃을 제대로 피울지는 몰라도, 싹이 움트는 것만으로 세상이 조금은 달라지지 않겠습니까? 그걸 생각하면 두려움도 견딜 수 있습니다."

선이 잔잔하게 웃어 보였다. 오히려 홀가분하다는 표정에 염은 막막해졌다. 죽음을 코앞에 둔 생명은 비굴해지기 마련인데, 벼랑

끝 상황에서도 담담한 여인이 새삼 놀라웠다.

"제발 부탁드립니다. 혜빙이 저를 구하려고 무슨 일을 할지 모릅니다. 그 애가 더 위험해지기 전에 하루라도 빨리 저를 처형하도록 도와주십시오."

지친 듯 벽에 기대 눈을 감는 방선의 모습은 꺼지기 전 작은 촛불처럼 아슬아슬해 보였다. 보고 있는 염의 눈빛도 촛불처럼 흔들렸다.

앞장서 달리는 자는 가장 많은 화살을 받을 수밖에 없는 법. 어쩌면 이 여인도, 영혜빙도 앞서 나가다 보니 이리될 수밖에 없는 걸까. 그것이 운명인 걸까. 그래도 염은 이제 하나만은 분명히 말할 수 있었다. 영혜빙 그리고 눈앞의 방선은 자신이 아는 이들 중 가장 강하고 용기 있는 사람이라고. 이 땅이 아닌 다른 세상에서 만났다면 남녀를 떠나 멋진 동료로, 좋은 벗으로 함께할 수도 있지 않았을까.

새

새들이 날았다. 처음 출발지는 서월루였다. 까마귀들이 물어 나른 사발통문이 오수다 회원들에게 닿았다. 전갈을 받은 이들마다 먹을 듬뿍듬뿍 갈아 놓고 붓을 놀리며 밤을 지새웠다.

며칠 뒤 도성 곳곳에 새들이 날아올랐다. 한꺼번에 허공을 하얗게 물들였다가 길거리로, 집집의 마당으로, 궁궐 담장 안으로 속속 떨어져 내렸다. 땅바닥을 뒤덮은 종이새를 주워 접힌 몸을 펼치면 짧은 시구가 혹은 빼곡한 산문이 나왔다. 혹은 그림이 글과 어우러져 있기도 했다.

각 관청에서 군사들이 쏟아져 나와 종이새들이 보이는 족족 쓸어 모으고 불태웠다. 불온한 내용이 담긴 종이새를 날리거나 갖고 있는 자는 엄벌에 처한다, 이를 발고하는 자는 포상하겠다는 포고문이 관청마다 내걸렸다.

그에 맞불이라도 놓듯 몇몇 높은 관리들 집 대문에, 시전 상가들 문에, 눈에 잘 띄는 길거리 담벼락들에 '방관주를 아십니까'라는 호소문이 나붙었다. 붙자마자 뜯겨 나갔지만 금세 다시 붙었다. 매번 찢겨 나가고 불태워지고, 붙인 자를 뒤쫓아도 끈질기게 나붙었다.

그사이 완성된 혜빙의 소설도 은밀하게 퍼져 나갔다. 소설을 필사하고, 책장을 뜯어 새를 접는 일에 손 보태는 여인들이 갈수록 늘어 갔다.

점점 더 많은 새 떼가 날고, 떨어져 땅에 닿기도 전에 쓸어 담아지고 태워졌다. 도성 외곽 곳곳에서 종이를 태우는 불길이 타올랐다. 그래도 다시 불 속으로 뛰어드는 불나비 떼처럼 새들은 줄기차게 날아올랐다.

어느 날 아침에는 도성의 사대문 가득 화살들이 꽂혀 있었다. 화살 끝마다 매달린 하얀 종이들이 한꺼번에 날갯짓할 준비를 마친 새 떼 같았다.

새들의 날갯짓은 바람을 부르고 곳곳에 물결을 일으켰다. 오랜 기간 쌓인 마음들이 폭발하니, 그 속도가 마른 들에 번지는 불보다 빨랐다. 수천수만의 날갯짓이 모이고 뭉쳐 회오리가 되어 갔다.

궁궐의 정전 안은 시전 거리만큼 시끄러웠다. 쉬쉬하며 방관주와 그 아내였던 계집을 잡아 처형시키고, 일을 묻으려던 계획이 뒤집어진 뒤 하루도 조용한 날이 없었다.

"하늘에는 음과 양이라는 도리가 있고, 사람에게는 남자와 여자라는 도리가 있사옵니다. 감히 계집이 사내 행세를 하고, 과거를 보고, 관리 노릇까지 하다니! 천부당만부당한 일이옵니다. 능지처참하셔야 마땅합니다!"

"당장 엄히 벌하시어 국법의 지엄함을 보이소서!"

"영의정 영균지와 그 여식은 물론 삼족을 멸하시어 나라의 근간을 바로 세우소서!"

"계집이 세상을 속이고 조정을 농락한 것을 이웃 나라들에서 알기라도 할까 두렵사옵니다. 부디 막중한 책임을 물어……."

기회를 만난 승냥이 떼처럼 으르렁대는 대신들을 보며, 대왕이 지겹다는 표정을 지었다. 여러 날째 똑같은 말들의 잔치만 벌이고 있는 신하들에게 넌더리가 났다.

몇 년 만의 눈 폭풍에 북부 지방이 눈의 왕국이 되었다는 소식이 올라왔다. 다행히 눈은 그쳤지만 언제 또 내릴지 알 수 없었다. 피해 상황은 어떤지, 이재민은 어느 정도인지 서둘러 조사해야 하고 다시 내릴지 모를 눈도 대비해야 했다.

설상가상 남쪽에서는 또 역병이 발생해 사람뿐 아니라 소, 돼지, 닭 들까지 픽픽 쓰러진다고 했다. 동쪽에서는 산불이 났다는 소식도 올라왔다. 여러 날 만에 불길은 잡았으나, 넓은 숲과 집들이 홀랑 타 버려 전쟁터와 다름없다고 했다. 피해 복구와 피해 백성들을 위한 구제책도 시급했고, 논밭까지 죄다 망가졌으니 앞으로 닥쳐올 식량난도 걱정해야 했다. 이런 형편에도 관료들 관심은 오로지 하나였다.

방관주와 관련자들 처형!

그것부터 해결되지 않으면 다른 정사를 살필 수 없다는 듯 굴었다. 흰 도포를 입고 궁궐 문 앞에 모여 앉았다는 양반 유생들의 상소도 올라왔다. 그 자리에서 지부 상소를 올렸다는 건 목숨을 걸었다는 의미. 목숨까지 걸고 올린 내용들도 한결같았다.

'계집이 감히…… 천것들이 감히…… 반상의 법도가 지엄…… 강상죄를 물어 엄단……. 법도를 어지럽히는 자들에게 본보기로 단죄…….'

상소를 내려놓은 대왕이 지끈거리는 관자놀이를 손가락으로 꾹꾹 누르며 물었다.

"오늘도 새가 날았소?"

왕의 물음이 뜬금없었는지, 대신들이 어이없다는 눈짓을 서로 주고받았다.

"오늘은 얼마나 날았소? 어디 어디에서 날아올랐소?"

"전하, 그리 삿된 것들에 눈을 주실 필요가 없사옵니다."

"그러하옵니다. 나라를 어지럽히고 백성을 현혹시키는 무뢰배들의 요설일 따름이옵니다. 방관주만 처형하면 저절로 수그러들……."

"지금은 그 발칙한 계집에 대한 처결이 시급하니……."

자르지 않으면 끝나지 않을 말들의 꼬리를 잘라 버리며 왕이 명을 내렸다.

"모아 둔 새를 가져오라!"

관료들이 수군대며 서로서로 신호를 보냈다. 아무도 나서지 않는 가운데 왕이 목소리를 키웠다.

"이번엔 태우지 말고 모아 오라 하였다. 내 말이 들리지 않는가!"

왕의 목소리에 노기가 섞였다.

염은 눈을 꾹 감았다 뜨고 맞은편에 선 아버지를 힐끗 보았다. 고개 숙인 그 얼굴은 잔뜩 구겨져 있었다.

염은 천천히 뒤돌아서 정전 구석으로 걸어갔다. 흰 종이들이 가득 쌓인 지반(종이로 만든 쟁반)을 두 손으로 받쳐 들었다. 옥좌 앞으로 한 발, 한 발 나아가는 염의 뒤통수에 따가운 눈길들이 쏟아졌다. 누구보다 매서운 신간의 눈길도.

자신 앞으로 다가오는 신염을 보며 왕의 눈에 이채가 흘렀다. 왕은 별다른 말없이 지반 위의 종이새 하나를 집어 들었다.

예로부터 하늘은 마음이 없어 백성이 슬퍼하면 슬퍼하고 백성이 기뻐하면 기뻐한다고 했습니다. 이 땅의 하늘도 그런가요?

나라를 다스리는 이들이, 백성에게 관심 없는 나라에 희망이 있을까요?

양반 사내가 아닌 사람 모두에게 가혹한 나라의 미래가 어떨지 상상해 볼까요?

한 사람, 한 사람은 다 소중합니다. 제각각 둘도 없는 존재니까요. 천것도 여인도 똑같습니다.

좋은 나라는 백성 한 사람, 한 사람이 행복을 꿈꿀 수 있는 나라입니다.

새들이 품은 이야기 하나하나가 왕의 손과 눈과 입을 거쳐 바닥으로 내려앉았다. 그 시간이 하염없이 길어졌다. 마침내 지친 대신들이 다시 입을 열기 시작했다.
"전하, 이제 그만 보시고……."
"자고로 군주가 그런 삿된 요설들에 휘둘리면……."
"나라의 기강이 무너지기 전에 방관주부터 처형……."
대왕이 귀찮다는 듯 손짓만으로 신하들을 물렸다. 다들 떠나고 텅 빈 정전 바닥에 종이새 떨어지는 소리만 들렸다. 마지막 한 장까지 다 펼쳐 읽은 대왕이 이번에는 상소문처럼 돌돌 말린 종이를 펼쳤다. 대신들 집 대문에, 담벼락들에 붙었다던 호소문이었다.

참형

밤늦도록 침전의 불이 꺼지지 않았다. 벌써 여러 날째였다. 대왕이 모든 정사를 미루고 틀어 박힌 침전 바닥에는 접히고 펼쳐진 종이로 가득했다.

병풍 앞을 오락가락하던 대왕이 허리를 굽혀 호소문을 다시 펼쳤다.

중추원 판사 방관주를 아십니까?
여인이 관복을 입었다는 이유로 옥에 갇혀 참형을 기다리고 있습니다.
법전에는 여인이 과거를 보면 안 된다는 조항이 없습니다.
과거에 급제해 벼슬을 했고 뼈를 깎는 노력으로 뛰어난 관리가
되었습니다. 사내가 아니라 여인이면 훌륭한 관리가 아닌 게 되고,
나라를 사랑하는 그 마음이 거짓이 되나요?

양반 사내 목숨의 무게와 여인 목숨의 무게는 과연 다른가요?

천민, 평민, 중인, 소실, 서자, 기생 들 목숨의 무게는 다른가요?

백성이면 한 사람, 한 사람의 목숨도 존중 받아야 하지 않나요?

사람은 누구나 서로 사랑하고 하고픈 일을 하며 행복하게 살 권리가
있지 않나요?

성별과 신분이 아니라 능력과 노력으로 사람을 가르는 나라.

나, 당신, 우리 모두 마음껏 사랑하며 행복하게 사는 세상.

방관주 같은 관리가 더 많아지는 세상.

우리가 꿈꾸는 세상입니다.

우리가 바라는 나라입니다.

"허, 유생들 지부 상소에도 꿇리지 않는 기백과 논리 아닌가."

다시 읽을 때마다 놀라웠다. 누가 썼는지 모르지만 양반 관리가
아닌 건 틀림없었다. 그림자로만 살던 이들이 자기 목소리를 이렇
게까지 낸다는 게 신기했다. 혹한의 날씨에 수백수천의 새들이 주
기적으로 날아오르는 것도 경이로웠다. 그러니 그들이 처음 낸 용
기를 어떻게 모른 척할 수 있을까.

양반 사대부의 나라라고 하나 여인도, 평민도, 천민도 백성인 것
을. 이제야 새삼 깨달은 스스로에게도 놀랐다. 참으로 보잘것없는
왕이 아닌가. 왕과 백성의 신분은 하늘과 땅만큼의 차이가 있다 여
기며 살아왔다. 그러나 땅 없이 하늘이 어찌 존재하겠는가. 왕의
가슴에 인 파문은 단 한 번도 생각해 보지 않던 것들로 번졌다.

"여인은 왜 과거를 볼 수 없게 됐지? 여인은 왜 관리가 되면 안 되지? 백성의 절반은 여자 아닌가. 방관주처럼 빼어난 인재가 일하면 나라를 위해서도 좋지 않나?"

밤새 우는 바람에 침전의 문이 덜컹거리고 촛불이 흔들렸다. 터벅터벅 왔다 갔다 하던 대왕이 발을 멈추고 병풍을 마주했다. 흐르는 물처럼 우아하고, 나는 바람처럼 힘 있는 필체가 왕과 눈을 맞추었다. 부옇게 밝아 오는 하늘의 별처럼 글자들이 아스라이 빛났다.

대왕이 내내 손에 들고 있던 종이를 그제야 펼쳐 보았다. 지난밤 옥사에서 올라왔다는 방관주의 서신이었다.

소신 방관주 충심으로 고합니다. 저로 인해 온 나라가 들썩인다 들었사옵니다. 감히 바라옵건대 방관주를 속히 처형하소서. 어서 저를 버리시고 시급한 현안부터 살피소서. 하루라도 빨리 들끓는 나라를 안정시키고 백성들 삶을 헤아리소서……

잘못했다거나 후회한다는 말은 없었다. 오로지 자신 선택의 결과를 스스로 책임지겠다는 결의, 여전히 놓지 않는 충심과 나라를 위하는 마음이 보였다. 참으로 끝까지 당당하고 아름다운 사람이었다.

"그래도…… 너를 버려야겠지."

탄식을 내뱉은 왕이 방관주를 대하듯 다시 한 번 병풍 글씨를 마주보았다.

"너는 왜 여인인 것이냐. 사내였다면 뛰어난 관리로 그 이름이 역사에 남겨질 수도 있었을 것을."

발 없는 말이 천 리 간다고 했다. 방관주와 종이새들이 물어 나른 이야기가 퍼지고 번져, 언젠가는 햇볕을 받고 현실을 뒤집어 역사가 될지도 모른다. 하지만 그게 지금은 아니었다. 아무리 안타까워도 지금은 버려야 했다. 버려야 왕이 제대로 설 수 있었다. 방관주의 말이 구구절절 옳았다.

대왕의 가슴이 아렸다. 찬바람이 쓸고 간듯 허허로움이 사무쳤다. 왕은 필요할 때 필요한 사람을 쓰고, 필요가 다하면 가차 없이 버릴 줄도 알아야 하는데……. 이제까지 그래 왔는데……. 방관주를 버리자니 마음이 꿰뚫린 듯 아프고 시렸다.

"아끼는 신하 하나조차 보호할 수 없는 자리가, 지금 이 나라의 왕이로구나."

한숨 같은 고백이 신음처럼 흘러나왔다.

그래. 나는 왕이다. 왕이 왕답게 할 일을 해야 나라의 법도가 바로 선다. 강상죄를 가벼이 넘기면 이 나라의 질서가 무너진다. 법도를 무너뜨리고 새로 만들 힘은 턱없이 부족한, 나약한 왕이니 지금 할 일을 해야만 한다.

울컥하는 심정을 끊어 내며 대왕이 병풍을 등지고 돌아섰다.

잠시 후 침전의 병풍이 밖으로 들려 나가 불태워졌다. 그리고 추상 같은 대왕의 명이 떨어졌다.

"방관주를 삭탈관직하고 그 신분을 천민으로 강등한다. 끌어내어…… 참형하라!"

작
별

찬바람 불어오는 서편 하늘이 서럽도록 붉게 물들었다. 그린 듯
무덤 앞에 앉아 있던 혜빙이 중얼거렸다.

"선아, 망자의 땅에서 어찌 지내고 있니? 너 혼자 그 먼 길 가게
해서 미안해. 추도시 한 자락, 반듯한 묘 한 자리 쓰지 못하고 떠나
보내서 미안해⋯⋯."

혜빙은 술을 싸 왔던 보따리 안에서 서책 한 권을 꺼냈다. 표지에
『우리, 연모』라고 쓰여 있었다. 무덤 앞에 내려놓은 서책을 휩쓸어
가려는 듯 바람이 몰려왔다. 혜빙이 무거운 돌 하나를 집어 서책
위에 올려놓았다. 책장이 찢어질 듯 팔락거렸다.

"우리 이야기가 책으로 나왔어. 금세 다시 올 테니 읽어 보고 있
을래? 마지막으로 식구들 한 번만 보고 올게. 그리고 네가 있는 곳
으로 갈 거니까 기다리고 있어 줘."

대답이라도 하듯 눈발이 흩날리기 시작했다. 혜빙은 뿌옇게 흐려지는 하늘을 가만히 바라보다 뒤돌아섰다. 산언덕을 내려가는 혜빙의 뒤로 시린 바람이 몰아쳤다.

비탈길을 벗어나 작은 오솔길로 접어들었다. 언젠가 선과 함께 나들이 나와 손잡고 걷던 길이다. 겨우 한 계절 지났을 뿐인데 오랜 시간이 흐른 듯 아스라했다. 저 앞에 누군가를 기다리듯 서 있는 선비의 뒷모습처럼.

돌연 혜빙의 심장이 덜컥했다. 방금 두고 온 서책 속 삽화인 것도 같고, 꿈의 한 장면인 것도 같았다.

멎었던 혜빙의 발이 한참 만에 다시 떼어졌다. 그에게로 한 걸음 또 한 걸음……. 가까이 갈수록, 흑백 그림 같던 장면에 빛깔이 살아나기 시작했다. 점점 더 선명하게, 점점 더 다채롭게. 그림에서 튀어나오듯 선비가 혜빙을 돌아보았다. 그 얼굴에 미소가 어렸다. 울면서 웃는 것 같은 환한 미소가.

선비의 말간 웃음이 흐릿한 하늘처럼 부옇게 번졌다. 그 모습이 사라질까 봐 혜빙은 눈도 깜빡일 수 없었다. 입술을 깨물며 고이려는 눈물을 뿌리쳤다. 선비의 목소리가 들렸다.

"내 걸음이 너무 늦은 건 아니지?"

하늘하늘 눈송이가 혜빙의 속눈썹에 내려앉았다. 금세 물방울이 되었다. 톡, 뺨으로 흘러내렸다. 금세 또 다른 물방울이 맺혔다.

선이 두 팔을 활짝 벌렸다. 흠뻑 젖은 얼굴로 혜빙은 뛰기 시작했다. 치맛자락이 밟혀 솔기가 뜯어지고, 손에 들고 있던 쓰개옷이 날아간 것도 몰랐다. 그런 건 아무래도 좋았다. 사라졌던 혜빙의 세상이 돌아왔다.

선과 혜빙은 도성 밖에 백 행수가 마련한 은신처로 숨어들었다.

"이 신세를 어찌 다 갚을지 가늠조차 어렵습니다."

"저보다는 동지사의 공이죠. 그분 아니었으면 저도 할 수 있는 게 별로 없었을 겁니다."

혜빙이 감사를 전하자 행수가 신염에게 공을 돌렸다.

서책이 나온 뒤, 혜빙은 발치까지 조여든 추적 망을 피해 잠시 지방으로 떠나 있었다. 그사이 선의 참형 소식을 바람결에 들었다. 부랴부랴 돌아오느라 행수가 보낸 까마귀와 길이 엇갈렸던 거였다. 혜빙이 물어물어 찾아갔던 작은 무덤에 대해 아란이 전했다.

"관의 눈을 속이기 위해 나리의 무덤을 만들 수밖에 없었습니다."

"하면 그 모든 게 신염 동지사의 계획이었단 말인가요?"

아란이 끄덕이며 그간의 일을 상세히 알려 주었다.

방관주를 참형시키라는 명이 떨어지자마자 신염이 아란을 은밀히 찾아왔다. 다른 사형수를 방관주인 것처럼 처형하고, 방선을 빼돌릴 테니 뒷일을 맡아 달라는 이야기였다. 놀란 가슴을 쓸어내리며 아란이 물었다.

"왜 하필, 제게 맡기십니까?"

"방 판사의 부인과 가까운 사이 아닙니까?"

"그야 그렇지만……."

신염의 계획을 고스란히 따르기도, 그 속내를 정확히 파악하기도 어려워 아란은 주저했다. 그런 마음을 눈치챈 듯 신염이 해명했다.

"영씨 집안 사내들은 다 유배를 떠났고 남은 가솔들에게도 감시가 붙었습니다. 영혜빈 부인을 찾느라 혈안이 되었어요. 그러니 방 판사 부부를 위해 위험한 일을 맡아 줄 사람이, 내가 알기론 행수밖에 없더군요. 그걸 해 낼 수 있는 능력을 가진 분도요."

아란은 입이 떨어지지 않아 신염을 우두커니 보기만 했다.

"제발 부탁드립니다."

간절히 당부하는 신염에게 아란이 물었다.

"왜 이렇게까지 하십니까? 동지사께서도 위험하지 않습니까?"

자칫 발각되면 파직만으로 그치지 않을 것이다. 가문까지 위태로 워진다는 걸 모르지 않을 텐데……. 차마 묻지 못하는 아란에게 찰 나의 순간을 두고 염의 대답이 돌아왔다.

"……영혜빈이 불행한 걸 바라지 않아서요."

염의 얼굴에 보일 듯 말 듯 희미한 웃음이 스쳤다. 드물게 보는 미소 뒤에 감춰진 표정은 쓸쓸한 듯도, 담담한 듯도 했다. 하지만 아란에게는 보였다. 차가움을 가장하는 그 인상 아래 들끓는 감 정과 깊은 아픔이. 아란의 눈빛이 깊어졌다. 아비 신간과는 참으로 다른 사람이구나.

"동지사님은 참 좋은 분이네요."

우리 첫 만남이 다른 방식이었다면 어땠을까요? 끝내 하지 못한 뒷말이 여운처럼 아란의 입속에 남았다.

선은 처형 전날 밤, 약이 섞인 걸 모른 채 마지막 식사를 하고 정신을 잃었다. 새벽녘 옥사에 원인 모를 불이 나 혼란한 사이 까마귀들은 선을 빼냈고, 이틀 뒤 처형당할 사형수가 선의 옥방으로 옮겨졌다.

이야기 듣는 내내 선은 말을 잃었다. 선을 살게 함으로써 혜빙까지 지켜 준, 그 마음의 무게를 가늠조차 어려웠다. 선이 미리 알았다면 거절하리라 여겨 신염은 제게도 비밀로 일을 진행했으리라.

옥사에 찾아왔던 혜빙이 돌아간 다음, 온 나라가 저로 인해 들썩인다는 걸 귀띔해 준 이도 신염이었다. 대왕이 방관주의 처형을 미루고만 있다는 사실도. 그래서 선은 대왕께 마지막 간언을 올렸다.

사내로 살아온 것도, 여인을 사랑한 것도 후회는 없지만 제 선택의 결과는 책임져야 하니까. 그게 제 삶에 대한 예의니까. 이제 당당하게 최후를 맞으리라 마음먹으니 모든 걸 내려놓고 홀가분해질 수 있었다. 하도 오래 차고 있어 찬 줄도 몰랐던 족쇄가 풀린 기분이었다.

선은 그동안 사람 자체보다 그의 부친, 그의 겉모습 따위로만 신염을 본 것도 미안했다. 군더더기를 걷어 내면 본질이 명확하고 단순해지는 것을. 둘러싼 껍데기를 걷어 내고 다시 보니, 신염의 행동에 그의 마음이 보였다. 선의 형편 또한 뭐 하나 확실하지 않고 복잡하지만, 지금 혜빙을 앞에 두니 단순해지듯.

이 사람과 오래오래 행복하고 싶다.

오직 그 바람 하나만 남았듯이.

'고맙습니다. 동지사께서 지켜 준 목숨으로 혜빙을 끝까지 지키겠습니다. 둘이 오래도록 잘 살겠습니다. 그대도 이젠 평안해지시길……'

다음 날 이른 새벽, 아담한 집 작은 문이 열리고 선비 둘이 밖으로 나왔다. 서로 얼굴을 한번 마주보고는 나란히 발을 떼 놓기 시작했다. 몇 걸음 걷다 말고 누 선비가 뒤를 돌아보았다. 문 앞에 서 있던 아란이 손을 흔들었다. 선과 혜빙은 아란에게 다시 한 번 깊이 고개 숙여 인사를 건넸다. 멀찍이서 아란도 허리를 깊게 숙였다.

다시 돌아서 걷다 말고, 선과 혜빙이 얼굴을 가까이 대고 무어라 속삭였다. 그 위로 하얀 입김이 피어올랐다. 해사한 얼굴과 가벼운 걸음걸이에서 설렘과 기대가 묻어났다. 얼어붙은 길을 조심조심 걸어 두 선비가 마침내 사라졌다.

길 끝자락에서 새들이 날아올랐다. 나뭇가지에 피었던 눈꽃들이 화르륵 떨어져 날렸다. 눈이 사라진 나뭇가지에는 황량한 겨울을 견뎌 낸 꽃눈들이 움트고 있었다.

뒷이야기

수년 뒤, 백아란 행수에게 남몰래 서책 한 권이 전해졌다.

몇 장 넘기지 않고도 아란은 『우리, 연모』의 속편이라는 걸 알 수 있었다. 그 소설 여주인공 둘이 여행하며 만난 신기한 나라와 사람들 이야기라는 것도.

"정말 기행록을 쓰셨네!"

떠나기 전 "이번엔 기행록을 써 볼까요?" 하며 눈을 빛내던 혜빙이 생각났다.

책에는 온통 신비하고 놀라운 이야기로 가득했다. 반짝이는 물꽃들이 가득한 바다, 수십 폭 병풍인 양 눈을 이고 늘어선 산마루들, 해 없는 까만 낮이 여러 날 이어지는 곳, 해가 지지 않는 하얀 밤만 여러 달 지속되는 곳. 그리고…… 끝없는 바다 저 멀리 어딘가 있다는 여인들의 나라. 책장을 넘기던 아란의 손이 멈추었다.

흰모래와 푸른 나무, 금빛 풀이 어우러져 이 세상 풍경이 아닌 듯하다는 이야기, 외적이라도 쳐들어오면 여인들 모두 '낭자군'이라는 군사가 되어 나라를 지킨다는 이야기, 구슬과 비취로 만든 갑옷을 입고 가위, 자, 바늘까지 무기로 쓴다는 이야기, 무엇보다 신분제라는 게 없어 누구나 노력하면 하고 싶은 일을 하며 자유롭게 살 수 있다는 이야기에 아란의 눈이 오래 머물렀다.

자수바늘을 창처럼 쏘아 던지는 법을 낭자군에게 알려 주는 혜빙 모습이 그려졌다. 붉은 띠를 두른다는 관리의 옷차림으로 다른 관리들과 토론하는 선의 모습도 스쳐 갔다. 마침내 그 나라를 뒤로 하고 새로운 세상으로 다시 발길을 내딛는 둘의 모습도.

아란의 얼굴에 미소가 떠올랐다.

"두 번째 기행록도 쓰실까? 두 분을 다시 만날 수는 있으려나?"

눈앞에 펼쳐 놓은 풍경들을 하나하나 덮으며 아란의 눈빛이 쓸쓸해졌다. 그때 밖에서 부르는 소리가 들렸다.

"행수님! 준비 다 되었습니다."

작가는 떠났지만 소설은 남아 이야기를 전했다. 『우리, 연모』는 날개 돋친 듯 팔려 나갔고, 여주인공 둘의 연서가 적힌 시엽지 부록도 인기 폭발이었다. 연시에 곡이 붙은 노래도 입에서 입으로 퍼져 나갔다. 낭독회만으로는 인기 감당이 어려워 아란은 서월루 안에 공연장을 세웠다. 오늘은 그 비밀 공연장에서 『우리, 연모』 낭독 공연의 막이 오르는 날이다.

아란은 내내 손에 들려 있던 혜빙의 기행록을 내려놓았다.

"『우리, 연모』 버금가는 인기작이 되겠는걸. 다음 공연은 이 이야기로 해 볼까?"

사랑, 그 아름다운 말

씨앗은 고전 소설 『방한림전』이었다.

조선 후기 쏟아져 나온 여성들의 활약이 두드러지던 소설들 가운데 유독 마음에 남았던 이야기. 여자와 여자가 혼인을 하고 아이도 입양해 키워 결혼까지 시킨다는 내용이었다. 신분과 남녀 차별이 극심하던 저 시대에 동성혼이라니, 고아 입양이라니! 시대를 앞서간 상상력이 놀라웠다. 청소년들에게도 소개하고 싶었으나 원전을 살려 다시 쓰기엔 주저되는 점들도 적지 않았다. 남성이 되고 싶은 여인 방관주에게서 때때로 엿보이는 남성 중심 사고와 가부장제 의식은 특히 걸렸다.

시간이 흘렀다. 글이 여러 번 탈바꿈한 끝에 동성혼이라는 모티프와 인물의 이름만 빌려 온 전혀 다른 소설이 태어났다. 방관주의 여동생 방선을 비롯 새로운 인물들이 여럿 등장하고 새로운 사건들이 펼쳐진다. 배경도 명나라 대신 가상의 조선에서 방선과 영혜빙이 동맹을 맺고, 뿌리 깊은 차별과 배제에 맞서 나가는 이야기가 되었다.

젠더의 잣대로 판단하기 쉽지 않은 방관주, 남자의 아내로 살기 싫은 영혜빙. 『방한림전』에는 동성혼으로만 나와 있는 둘의 혼인이 단순한 정략혼일 뿐이었을까? 여기서 싹튼 상상은 동지적 애정과 연정을 넘나드는 사랑 이야기로 나아갔고, 또 다른 인물들의 여러 빛깔 사랑의 모습을 더하며 마침표를 찍었다.

세계인이 뽑은 가장 아름다운 우리말이 '사랑'이라고 한다. 우아하고 섬세한 발음에 '한 글자 차이로 사람과 비슷해서', '사람은 사랑을 위한 존재라서' 같은 이유를 들지 않아도, 사랑은 세상 수많은 가치 중 으뜸인 것도 같다. 때로는 눈물과 그리움, 원망이나 절망을 동반하기도 하지만 사랑이야말로 삶을 신비롭게 만든다. 어쩌면 그 다양한 모양이며 품자락, 다채로운 무늬들 때문일 수도 있겠다. 세상에는 할 수 없는 사랑도, 해서는 안 되는 사랑도 없지 않을까?

이 소설에 나오는 선과 혜빙 말고도 염, 아란, 왕, 유모 그리고 오수다 사람들의 연대에 이르기까지. 내가 보기엔 어느 마음 하나 사랑 아닌 것이 없다. 사랑해서 용감하고 용감해서 더 깊이 사랑하는 멋진 사람들이다.

신분제가 견고한 세상에서 차별을 이야기하고, 같은 처지의 사람들에게 손을 내밀고, 여성의 사회 진출을 차단한 사회에서 끈질기게 여성의 목소리를 내는 것도 사랑과 용기가 있어야 할 수 있는 일이다. 인간에 대한, 세상에 대한, 나아가 더 나은 세상을 보고 싶은 사랑의 마음일 것이다. 그렇게 세상은 또 앞으로 나아간다. 두려워도 그 길을 가는 용감한 이들의 사랑의 힘을 딛고. 그래서 세상은 오는 게 아니라 만드는 거라 하는지도 모르겠다.

　내가 만난 청소년들도 사랑에 관심이 많다. 어쩌다 보니 우리 동네 중학생들과 자주 만나게 되었는데, 로맨스 이야기만 나오면 눈들이 반짝반짝했다. 글쓰기에 진지한 관심으로 모인 친구들이라서인지는 모르겠지만, 사람과 사람을 가르고 타자화하는 사회 분위기에 생각보다 쉬이 휩쓸리지 않았다. 차별과 편견, 혐오와 배제에 물든 어른보다 열린 시선을 가진 청소년도 많았다. 세상을 있는 그대로 바라보고 자신들만의 즐거움에 집중한다. 어쩌면 이 소설도 특별하면서도 평범한 사랑 이야기로 봐 주지 않을까. 더해서 그 마음에 질문 하나씩 깃든다면 그도 좋겠다.
　우리의 주인공, 선과 혜빙의 바람처럼.

거꾸로 가는 게 많은 경계의 시간,

가을과 겨울 사이에서

사랑을 매개로 펼쳐진 자유에 관한 이야기

이 작품은 선과 혜빙의 세상을 따뜻하고도 진중하게 그려 내면서 '사랑과 자유가 무엇인지, 삶에서 그것이 왜 중요한지'를 생각하도록 유도하는 힘이 상당했다.

각자의 삶을 지지하고 응원하면서 서로에게 책임 있는 자세를 보여 준 선과 혜빙. 그저 서로 잘되고 행복해지기를 바라는 마음에서 그렇게 한다. 이 마음이 사랑이다. 그런데 그들의 사랑은 처음부터 끝까지 '자유' 그 자체다. 그들 스스로 선택했고, 그 선택은 존중되었으며, 그 선택에 책임을 졌다. 시대에 용기 있게 저항한 것도 물론 자유를 향한 몸짓이었다.

이 모든 일의 시작은 '삶에 대한 사랑'이다. 선과 혜빙은 인간답게 살고자 했고, 인간다운 삶이란 곧 자유로운 삶이었다. 이렇듯 그들의 사랑은 삶에 대한 사랑에서 나온 자유의 행사다. 그러니 사형을 앞두고도 선은 이렇게 말할 수 있다. '후회하지 않는다. 내 선택의 결과니 내 책임이다. 그게 내 삶에 대한 예의다. 이제 나는 당당하게 최후를 맞겠다.' 혜빙도 같은 마음이다.

선과 혜빙이 보여 준 사랑에는 '하나로 묶는 힘'이 있다. 각자의 개성과 차이를 존중해 주고, 상대의 자유와 인격을 침해하지 않으니, 서로를 분리하는 벽이 사라져 융합의 지평이 열린 것이다.

에리히 프롬이 '사랑은 둘로 남는 하나'라고 했을 때(『사랑의 기술』), 바로 이런 모습을 그려 보지 않았을까? 이런 사랑은 특정한 사람만 할 수 있는 것도 아니다. 혜빙에게 퇴짜를 맞았어도 위험을 각오하고 선마저 지켜 주고 싶어하는 염도, 혈연도 아니고 이익도 되지 않지만 선과 혜빙을 위해 발 벗고 나선 오수다 회원들을 비롯한 수많은 사람들도 그 같은 사랑을 한다. 그런 모습이니 '전파력'도 크다. 선과 혜빙의 사랑이 염의 마음을 움직여 또 다른 사랑을 만들어 내고, 수많은 이들의 마음에도 사랑의 불을 지폈던 것처럼.

이런 사랑에 '정상'이 어디 있고, '비정상'은 또 어디 있을까? 물론 소설 속 사대부와 관료들은 비정상으로 여긴다. 아니, 이들에게는 비정상이어야 한다. 그래야 자기들이 중심이고 권력인 신분 질서가 계속 유지될 테니까. 미셸 푸코는 정상, 비정상이란 것은 권력 질서 유지를 위해 동원된 프레임일 뿐이라고 진단한 바 있다(『감시와 처벌』). 그것이 확고한 규율이 되면 우리는 자유를 상실하는 대가를 치르게 된다. 사랑이라고 예외일 수는 없다. 그런데 사랑은 자유의 표출이어야 하지 않은가.

우리는 과연 선과 혜빙, 염, 오수다 회원들처럼 사랑하고 있을까?

사랑은 했지만 책임은 지지 않겠다고 하고 있지는 않을까? 사랑한다면서 자신에게 맞추라고 은연중에 강요하거나, 특정한 누군가에게만 집중하는 사랑을 하고 있지는 않을까?

이런 사랑은 위험해질 여지가 있다. 내가 사는 곳, 내 신념, 내 인종과 다르다고 갈등 요소로 삼거나 내 친구, 내 가족에 대한 사랑에서 누군가를 아프게 하고 희생시킬 수 있다. 차이가 차별의 구실이 되고, 누군가에 대한 사랑이 그 외의 사람들에 대한 냉담과 폭력이 되는 것이다. 또한 '오로지 나만 중심, 그 외의 사람들은 부수적'이라는 태도가 자리 잡고, '자유에는 책임이 따른다'라는 명백한 사실이 망각되니, 억압과 독선과 방종이 날뛸 판이 깔리기도 한다. 이런 공간에서는 '인류애'라는 인류 보편의 가치마저 머릿속 판타지에 불과해지고, 끝내는 '인간다움' 자체에 의문부호가 찍힌다. 이때 하나로 묶고 확대하는 힘을 지닌 사랑보다 더 확실한 치유책이 있을까?

『우리, 연모』의 장면 장면이 이끌어 간, 내 사유 지평의 한 축은 이랬다. 물론 같은 장면에서 누군가는 새로운 생각거리를 찾아내 자신만의 사유 지평을 열어젖힐 것이다. 다른 누군가도 또 다른 누군가도……. 그럴 만큼 이 책은 우리를 각자의 사유 세계로 끌어가 그 속에서 유희하게 만드는 힘을 갖고 있다. 자신의 사랑, 자신의 자유, 자신의 삶에 대해 고민하는 모든 이에게, 그리고 다른 사랑, 다른 자유, 다른 삶을 꿈꾸는 모든 이에게 권하고 싶은 책이다.

백승영 **철학박사, 교수**